Shakespeare for Screenwriters
Timeless Writing Tips from the Master of Drama

跟莎士比亞
學創作

連好萊塢金牌編劇都搶著學的
20個說故事密技

J.M.伊雯森（J. M. Evenson）——著

蕭秀琴 譯　　耿一偉 審定

劇作家可以從莎士比亞身上學到什麼？

「生，還是死？那是個值得討論問題。」(*To be or not to be? That is the question.*)

　　這句出自莎士比亞名作《哈姆雷特》的臺詞，幾百年來被無數人公認為英語佳句，縈繞於我們的腦海。而哈姆雷特這個有幽微心靈的角色，也不斷激起我們的好奇心。

　　全球每年都有數以千計的舞臺劇搬演著莎士比亞的創作，他獨特的創作天賦超越了語言、文化，以及時間和地域的障礙。愛、家庭、力量、戰爭等題材都可在莎士比亞的作品中找到，他的戲劇總是深植人心，因為他們有血有肉、充滿人性且雋永不衰。

　　世上每位作家都希望自己可以創造出像哈姆雷特那樣的角色，或是寫出像《羅密歐與茱麗葉》那樣的愛情故事。為何莎士比亞能創造出這麼多生動又有說服力的角色？他是如何寫出那些浪漫、有趣、揪心和可怕的情節？為什麼他的作品經得起時間的考驗？莎士比亞到底有什麼樣的魔力？

《跟莎士比亞學創作》的作者不但深入剖析莎士比亞，拆解其著名的故事、場景及人物，探討這些作品為什麼能夠扣人心弦，同時還會教你如何把這些元素運用在自己的劇本中。本書示範強而有力的敘事技巧，而這些技巧皆來自史上最偉大作家的作品。

　　解開莎士比亞的魔力當然不是項簡單的任務，那麼我們該從何開始？本書每章都會明確點出三項有關莎士比亞劇本的最佳特點，並從當代最好的電影中找出明顯清晰的範例。

　　例如某章節是在分析要如何把馬克白夫人那股癡狂的野心與熱情呈現在大銀幕上，我們會看到，熱門電影《疤面煞星》（*Scarface*，1983）無疑是在向莎士比亞致敬，縈繞於心的尋夢初衷、承諾，都在這部電影裡。沒錯，這部電影是將莎士比亞的劇本架構融入現代電影的絕佳範例。

　　每章節最後會列出參考電影以及三個練習題，幫你的創作挖掘出歷久不衰的主題、故事和人物。目標很簡單：讓你獲得莎士比亞令人尊敬的智慧和寫作技巧，假如你要學習寫劇本，何不學最好的呢？

　　莎士比亞對好萊塢電影有著舉足輕重的影響，許多當代偉大的電影人，從奧森·威爾斯❶到喬斯·溫登❷都受到莎士比亞的啟發，發展出自編好萊塢劇本的興趣。甚至還出現了許多以莎士比亞故事當基本架構而改編而成的作品。本書並非直接改編或學術性地一一列舉有哪些電影是取材自莎士比亞的作

品，而是傳授各位讀者莎士比亞的說故事技巧，並且教你如何把這些寫作技巧運用在創作上。

有些讀者會擔心自己對莎士比亞的作品涉獵不多，但其實除了少數鑽研莎士比亞的專家外，大部分人在高中或大學時起碼都讀過一、兩本莎士比亞的劇著，因此閱讀本書絕對不需像專家一樣。本書適用於任何對莎士比亞和電影寫作有興趣的讀者。每章都會提醒你劇本中最重要的場景，並逐步剖析當中的每一幕。此外，書末還附上附錄、摘要，以及劇本主要情節。當然也有線上補充資料可供查詢。本書不是要讓大家都能進入莎士比亞學院，重點是讓各位學習並運用莎士比亞簡練的寫作風格。

假如你想知道為何莎士比亞的作品如此特別，並希望自己的作品也能有那種魔力，那麼這本就是你要找的書。莎士比亞寫了很多強大的戲劇、喜劇、愛情故事、謀殺案，以及歷史故事，《跟莎士比亞學創作》將告訴你打造精采故事的箇中訣竅。

---

❶ Orson Welles（1915-1985），美國電影導演、編劇和演員。1999年被美國電影學會選為百年來最偉大的男演員第十六名。曾獲得1975年AFI 終身成就獎、1942年奧斯卡金像獎最佳原創劇本獎《大國民》，1959年奧斯卡金像獎最佳男主角《夏日春情》。

❷ Joss Whedon（1964-），美國劇作家、影劇製作人、導演、漫畫家、作曲家及演員。較著名的作品有《異形4：浴火重生》、《復仇者聯盟》。

永恆的莎士比亞——洞察人性的故事家

英國文化協會　前藝術暨文化創意長　賴淑君

很高興有機會為本書寫推薦序。

莎士比亞對我來說，有以下幾個層面的意義：

身為英國文化協會台灣藝文系列項目的策畫人，我們很高興有這個機會，透過應用各種不同藝術的當代媒材，如電影、動畫、戲劇實錄以及漫畫，將他的作品，以平易近人的親切語言，帶入當代讀者觀眾的視線，體會到他跨時代的智慧覺語。我們希望，莎士比亞對人生起伏的豁達釋然，與對愛情苦樂的敏銳體悟，都能毫無障礙為各種年齡、性別的你我，帶來生命中各個階段的撫慰與領會。

與莎士比亞的相遇，反映了我成長過程中不同的教育經驗。記得年輕時剛進外文系，面對厚重的教科書與艱澀的古老英文，人生經驗與語言能力尚待琢磨的我，對閱讀莎士比亞的故事，很難有所體會。對當時青澀的我來說，「莎學」是還帶著神祕面紗的英國經典文學。研究所畢業進入藝術領域工作後十幾年間，我透過製作與欣賞現場戲劇、電影、音樂以及芭蕾

舞蹈，逐漸在演員的對話、舞者的肢體展現，以及電影與舞台的場景中感受到莎翁語言的力量、劇情的張力，以及豐沛的情感。從莎士比亞的文本與戲劇呈現中，不論是他對於洗練的語言使用，或是劇情伏筆的巧妙安排，我都真實感受到莎翁故事的魅力。這樣潛移默化的教育，也訓練我的藝術神經更為敏銳。

因為推廣這位英國文學家，從各種展演臺上的演員，幕後的導演編劇，到臺前的觀眾對於莎士比亞的喜愛，我看到了人性的渴望：人人都有故事，人人都想說故事，人人都想聽精采的故事；而精采的故事，總是為我們帶來生命中，或多或少的領悟。

莎士比亞透過作品，說出了許多永垂不朽的名言佳句，它們之所以流傳至今還打動人心，我相信是因為這些佳句展現出他洞察人情世事的光芒，對人們生命中各種遭遇，有非凡的觀察與同理心。在這個充滿噪音紛擾的世界，我們總是對於如此難得的簡練禪語抱持感謝，銘記在心。莎士比亞，是許多人生命中「直言不諱」的好朋友。人的一生，如同莎士比亞的故事劇情，都是各種天時、地利、人和與陰錯陽差的集合體。

我在此節選我喜愛的一些莎劇對白，以及他的兩首十四行詩，來佐證以上的淺見。

The course of true love never did run smooth. (*A Midsummer Night's Dream,* 1.1)

真愛無坦途。——《仲夏夜之夢》

Sweet are the uses of adversity. (*As You Like It,* 2.1)
逆境和厄運自有妙處。——《皆大歡喜》

There is nothing either good or bad, but thinking makes
it so. (*Hamlet,* 2.2)
世上之事物本無善惡之分，思想使然。——《哈姆雷特》

他在十四行詩（Sonnet）中，不論對愛情與自然的讚頌，又
或是對社會現實的看破，都說到人的心坎裡。相信你我只要
經歷過一些工作、社會與愛情的洗禮，都能心領神會以下的景
象與情感！

《十四行詩第十八首》
我能將你比作夏天嗎？
你比夏天更可愛溫柔。
狂風吹落五月嬌豔的花朵，
夏的日子又是如此短暫，
天上的眼睛有時灼熱難擋，
金色的面孔常變陰暗，
有時每種美都會凋零衰謝，
只做了機緣或無常天道的犧牲。
但是你永恆的夏季不會消殘，
你美的形象永不會失去。
死神也不能將你拖至他的陰影中，

你將在不朽的詩中與時間同在，
只要人類在呼吸，眼睛看得見，
這詩將長存，並且賜給你生命！

《十四行詩第六十六首》
對這些都倦了，我召喚安息的死亡
看著才華橫溢之士淪為乞丐，
淺薄的草包卻包裝得珠光寶氣。
純潔的信義慘遭背棄，
高貴的榮譽被可恥地錯賞。
貞潔的姑娘遭受暴徒的玷辱，
完美的正義卻遭受邪惡的侮辱。
健美者卻被當權的拐腿殘害致衰，
藝術在權利的門前啞口無言。
愚蠢擺起博士的架子統治才能。
純真被稱作大腦簡單。
被俘的良善任邪惡欺辱，
對這些都倦了，我要離開這人間。
只是我死了，會留下我愛人孤苦無依。

　　當然，莎士比亞除了深具洞見，也是技巧非凡的說書人。他在故事劇情的編排上，對於時機轉折點、場景、氣氛、角色、事件發生的原因與過程之峰迴路轉，都有精密的規畫。他深切了解讀者的情緒起伏，笑點哭點，以及讀者對於故事邏輯、角色命運、自我反照與情緒抒發的需求。他知道如何抓住讀者與觀眾的心，讓你對於他的故事玩味不已。身為讀者，我的確透過

愛情喜劇《無事生非》的甜蜜中自嘲，問題劇《威尼斯商人》的難題與抉擇，歷史劇《馬克白》的野心與自毀，以及愛情悲劇《羅密歐與茱麗葉》的剎那即永恆中，得到諸多情感上與理智上的領會。莎士比亞帶領觀眾，讀者，在人生的道路上，看見人性的複雜與立體性，並誠實面對自己的靈魂善惡面。

這本《跟莎士比亞學創作》，文筆簡練，直接點出莎士比亞的敘事技巧，讓我們了解這樣的技巧與思考邏輯，對聽眾、讀者與觀眾如何造成深刻的印象與情感交流。對於文字，敘事及語言的訓練，也提供了有趣的自學練習機會。在當今以大量圖畫影像信息代替文字敘事的潮流中，也正是個即時的提醒，讓我們重新認識到文字的優美，語言的能量，都是人與人之間溝通與表達很重要的媒介。

我代表英國文化協會（British Council），在此誠摯地推薦本書，希望大家與我一樣，從閱讀中得到樂趣，也向莎翁學習到一些精采的敘事技巧。

2016年5月10日

讓愛電影與文學的人皆大歡喜
——人人都要跟莎翁學說故事

臺北藝術節藝術總監／臺北藝術大學與台灣藝術大學戲劇系兼任助理教授　耿一偉

從大師經典學習最精粹的敘事技藝

　　莎士比亞是有史以來最偉大的劇作家，而且作品不斷在全世界上演，還有數不盡的各種研究著作。既然這樣，為何不直接跟莎士比亞學創作，為何不乾脆分析他的編劇技巧，向大師學習說故事訣竅，這不是更有效嗎？就像學美術會去美術館模仿大師名作，練書法會抄寫名帖一樣，《跟莎士比亞學創作》這本書，便在這種精神下誕生了。

　　在莎士比亞活著的十六世紀下半葉到十七世紀初，王公貴族與市井小民都擠在劇院裡看戲。作為當年新興的大眾娛樂，劇場在當年的地位更像是今天的電影。讓我們試著想像當年觀眾的心情，他們來到劇院，會發現臺上演員穿的戲服，跟他們自己穿的衣服，其實很接近。對莎士比亞時代的觀眾來說，他們會覺得自己正在看現代戲劇，而不是古裝劇。如同本書第十八章〈莎士比亞的靈感來源〉所提到的，莎士比亞的三十八部劇本中，有三十六部都是取自其他素材，很少完全原創。不論這些劇作是取材自神話、政治事件或歷史著作，莎翁時代的

觀眾在看戲時候，頗像現在的我們在看《雷神索爾》或《搶救雷恩大兵》。

莎劇與當代電影的關聯

　　令人意外的是，大多數電影也是改編自其他作品，而非全新創作。以《改編的藝術：將事件與小說改成電影》（*The Art of Adaptation : Turning Fact and Fiction into Film*,1992）一書聞名好萊塢的琳達‧西格（Linda Seger），根據她在該書的研究顯示，從一九三〇年到一九九〇年的奧斯卡最佳影片得主中，只有九部是原創劇本，換句話說，有85%都是改編作品。也難怪奧斯卡設有改編劇本的獎項。別的不說，近年奧斯卡的幾部大片，如《127小時》、《社群網站》、《少年Pi》與《絕地救援》等，都是改編作品。莎士比亞劇作與電影編劇，兩者實在有太多類似之處。

　　《跟莎士比亞學創作》是我看過第一本完全以莎士比亞出發的故事創作書。在國外有很多關於莎士比亞電影的研究，但那是指直接以莎劇內容出發的影片。這本書卻將焦點擺在不同的平面，透過作者伊雯森精闢的分析，她發現莎翁所擅長的編劇技巧，同樣爲一些電影所採用，即使這些電影編劇並沒有眞的參考莎士比亞的劇本。電影既然在說故事，而且是人性的普遍故事（不然如何賣到全球市場呢？）那麼莎翁能流傳四百年以上的偉大劇作與這些暢銷電影之間，勢必有些共通之處。

透過分析像李爾王、馬克白、哈姆雷特等經典人物的特色，本書說明在許多經典影片中，這些人物性格如何發揮作用。這裡同時也呈現了莎翁戲劇與電影的相似之處。莎翁大多數劇本都以某個角色為故事主軸。簡單說，不管情節是否合理，觀眾要看的是那個角色，而且想看演員怎麼詮釋。電影不也是如此嗎？透過鏡頭的放大，演員的演技與臉部表情，成為電影吸引人的賣點，電影海報往往也以主角的臉做為訴求。說得嘲諷一點，人們對最佳男女主角甚至配角的獎項關注，往往大過最佳編劇。是的，故事很重要，但好的故事更需要好的角色，有著深刻的矛盾與性格衝突。莎士比亞劇本的角色經常帶有這種特色，讓觀眾覺得由誰來演是很關鍵的，因為那裡有著演技的考驗。

《跟莎士比亞學創作》圍繞著角色出發，交替以莎劇與賣座電影為例，向讀者闡釋如何設計偉大或吸引人角色的一些手法。相較其他電影編劇書將重點擺在情節結構上，本書更重視角色所追求的目標與衝突。伊雯森於二○一五年一月，接受美國好萊塢專業雜誌《創意電影編劇》（*Creative Screenwriting*）的專訪時，對於這樣的書寫策略，她解釋道：「有趣的是，莎士比亞的戲劇結構，其實與當代好萊塢電影有很大的差異，因為他的劇本通常奠基在五幕的結構上。《李爾王》的劇情是一個崩落的過程。他在故事開始時是置身最高點，接著一路滑落到可怕的深淵。李爾王甚至落得赤身裸體，最後以死亡收場。這是很特別的敘事結構，你沒辦法在當代電影中做這種事，所以我將焦點放在角色而非結構。我們記得哈姆雷特，我們記得李爾王，我們記得奧賽羅——莎士比亞給我

們的是永恆的角色。」

在被問記者到《跟莎士比亞學創作》與其他電影編劇書的差異為何，是否能有新突破時，伊雯森則回答：「大多數的電影編劇書都是圍繞著寫這些書的大師而發展來的。羅伯特‧麥基❶的書是麥基的理論。《先讓英雄救貓咪》是關於史奈德❷的理論。這本書是針對莎士比亞而寫，意味著英語世界最好的作者，所以這不是關於我或某位當代作者。這本書是關於一位已經被公認絕對是大師的人，然後試著從他身上學到一些東西。」

莎劇語言的魅力

莎士比亞的永垂不朽，有一大部分是奠基在他的語言上。《跟莎士比亞學創作》在一些章節中，總會畫龍點睛地讓我們讀到莎翁的優美文字。但我們不得不承認，在當代電影中，對白越來越簡短。有一個笑話說，現在好萊塢編劇往往只要寫三句話就好，分別是：「小心，它來了!」、「快跑!」、「不，我不要!」其他都是電影畫面在說明。換個角度來說，莎劇語言的精巧與趣味，在電影裡則轉化成各種鏡頭變化與剪輯技巧。本書雖然限於篇幅，對此並無過多著墨，但這表明了大眾娛樂，是建立在人們熟悉的表現手法上，而這些手法的精煉變化，則是大眾欣賞樂趣的一大來源(在古代是文字修辭或詩句；在當代是視覺畫面)。換言之，循序漸進的推陳出新，讓觀眾可以預測或發現新作品的創新變化，是類型存在的最大意義。莎士比亞有類型(喜劇、悲劇與歷史)，電影也有類型(恐怖、警匪

跟莎士比亞學創作

與愛情等），類型也是莎士比亞劇本與電影之間可以找到有共通性的主因之一。

這本書有四種讀法，第一種是當編劇書來讀；第二種是當電影介紹；第三種是當莎士比亞導論。第一種的可能性，又建立在第二種與第三種的成功交織上。不論從甚麼角度，《跟莎士比亞學創作》在閱讀上的優點是文字平字近人，還有大量的圖片參照，增加不少閱讀樂趣。我喜歡先從每一章結尾的重點記憶與練習開始先讀。因為作者很細心地整理出通篇摘要，而且她所提供的問題，即使當作一般創作的練習，也是很有趣。或者說，即使你沒有想當創作者，光是讀這些記憶點與練習題，也能學習到如何解讀故事，甚至掌握評論的重點。所以這本書的第四種讀法，是當作評論分析來讀，因為它透露了一個好故事該有的成分與關鍵。

只要有心，人人都能讀莎士比亞

但讀者到底要對莎士比亞有多了解才能讀懂這本書，伊雯森的回答是：「當我寫這本書時，我非常意識到，不是每個人都是莎士比亞學者這件事。不過我們早就處在莎士比亞故事的環境裡。莎士比亞無所不在，甚至有一集兔寶寶的卡通，是改編自莎士比亞⋯⋯以《羅密歐與茱麗葉》來說，有多少人不知道這個故事？大家都知道。而且我在最後的附錄，還將每個劇本的梗概整理出來，所以即使你不知道《馬克白》在講甚麼，這本書也會把故事精華濃縮出來，讓你知道其中的普遍性為何。」

21

爲何要跟莎士比亞學如何說故事？當代會說故事的人，如電影導演或漫畫家，總是獲得大眾的崇拜。很多人對奧斯卡的關心，可能比對台灣的政治還要投入。臺灣這個社會需要更多故事，藉著虛構來接近理想，而不是一直停留在算舊帳的階段。畢竟，故事透過設定阻礙，反映了社會焦慮，並在故事中呈現與解決這個焦慮。現今的臺灣，我們讀著日本漫畫，看著好萊塢電影，但這些作品背後的社會議題或戰爭焦慮，都不是屬於我們的。我們沒有幕府時代，也沒打過越戰。或許有一天，我們也有我們自己的超人、變形金剛或鋼鐵人，什麼都好，只要能讓我們在故事中，讓無法解決社會或國族問題，因爲有他們的出現，在虛構的情境中，解決這些困境，或許我們就會學著找到一個大家都有共感的新故事，能讓我們重新定義自我，不再陷入對舊故事失望的憂鬱當中。

　　如果莎士比亞是故事界的牛頓，這本書就是在講解他的物理學。但願我們能夠過這些創作定律，推動一個美好的新未來。

---

❶ Robert McKee（1941-），因在南加州大學舉辦「故事研討會」而聞名，學生中獲得奧斯卡獎、金球獎、艾美獎等著名獎項「最佳編劇」，提名者甚多，被譽爲「好萊塢編劇之父」。

❷ Blake Snyder（1957-2009），著有*Save the Cat*暢銷編劇書，被譽爲好萊塢最成功的原創電影編劇，代表作有《小鬼富翁》、《母子威龍》等。

目錄
CONTENTS

第一部——經典名劇

第二部——解構莎士比亞的魔力

第三部——結語

第
一
部

經典名劇

The Great Plays

哈姆雷特
Hamlet

創造一個有心靈深度的角色

To thine own self be true.

對自己坦誠。

莎士比亞的戲劇中，《哈姆雷特》是最常被演出、引用和參考的作品，每年都有數以千計的莎劇在各地搬演。自一九〇〇年來，改編自它的電影作品不下五十逾部，《哈姆雷特》無疑是西方文學與文化的基礎。

為什麼演員、導演、劇評和讀者都如此熱愛該文本？為什麼這部戲這麼重要？

哈姆雷特是這齣戲的核心角色，他聰明、內斂、憤怒、頹喪、精神愉悅、充滿鄉愁、富於機智，有時還瘋瘋癲癲的。這個角色就像稜鏡一樣充滿豐富的情緒，假如他能解決一個難題，觀眾好像也就解決了自己的問題。

莎士比亞怎麼打造這個迷人角色的心靈深度？我們如何在自己的劇本中創造出像他一樣立體的角色？

創造內在衝突

賦予角色複雜性的關鍵在於：必須讓他陷入天人交戰的情境。正、反方的理由強度要一樣，因為角色的內在衝突會激起觀眾的同理心，也會創造出該角色的深度。

哈姆雷特從一開始就陷入掙扎。身為丹麥王子的他，被他的父親，也就是前任國王的鬼魂糾纏。鬼魂暗示哈姆雷特他是被現任國王克勞狄斯（Claudius）謀殺，不斷要求哈姆雷特殺了克勞狄斯替他復仇。

假如哈姆雷特是典型的一般人，他就會去執行鬼魂的要求，然而哈姆雷特是個舉棋不定的人。「假如是鬼魂在說謊呢？搞不好它是惡魔假扮的？搞不好是我自己疑神疑鬼？假如殺錯了人，我的靈魂會有什麼下場？」哈姆雷特被這些疑問折磨得心力交瘁，在極端痛苦的瞬間說出以下這句有名的提問：

要生還是死，這是一個值得考慮的問題：

默然忍受命運的暴虐的毒箭，

或是挺身反抗人世無涯的苦難，

通過鬥爭把它們掃清，

這兩種行為，哪一種更高貴？

〈第三幕第一場〉

To be, or not to be? That is the question:

Whether 'tis nobler in the mind to suffer

The slings and arrows of outrageous fortune,

Or to take arms against a sea of troubles,

And by opposing end them?

(Act 3, scene 1)

　　在本章節中，我們會看到哈姆雷特陷入兩難，這不只事關他該不該殺了克勞狄斯，而是更關乎於生與死的本質。

　　為什麼壞事會發生在我們身上？死亡總比活著受苦好？死亡後會發生什麼事？這些真實的探問向來就是人性掙扎的問題。鬼魂強加任務讓哈姆雷特陷入道德困境，從那一刻起，哈姆雷特被痛苦難忍的內在衝突撕裂，他不知自己到底該不該殺了

克勞狄斯。

觀眾喜歡看這些內心飽受煎熬的角色，以《養子不教誰之過》（*Rebel Without a Cause*，1955）中的吉米‧史塔克（Jim Stark，詹姆士‧狄恩❶飾）為例，我們看到吉米在內心的惡魔與背信棄義的世界中掙扎擺盪。

當吉米努力抵抗小鎮不良少年巴茲（Buzz）和他同夥的霸凌時，他曾一次又一次向父親求助：「當你必須像個男人硬起來時，你會怎麼做？」（*What can you do when you have to be a man?*）這個提問成了此部電影的核心，當巴茲以先跳車的人就是「膽小鬼」挑釁吉米時，吉米儘管知道這是個危險遊戲，但還是加入了，因為如果不玩，他怎麼能成為一個男人？

當巴茲的衣服被車門絆住，車子衝下懸崖造成意外死亡，吉米的情緒終於暴發了，他痛苦內疚尖叫著那句著名的對白：「你們快把我搞瘋了！」（*You're tearing me apart!*）

《養子不教誰之過》（*Rebel Without a Cause*, ©1955 Warner Bros., All rights reserved.）

跟莎士比亞學創作

創造意想不到的選擇

　　每位作家都知道角色就是他們所有抉擇的總和，我們有時會忘記觀眾喜歡看主角做出料想不到的選擇，這樣的角色會驚艷、激怒觀眾，挑起觀眾的興趣。

　　哈姆雷特就面臨到一項重大的決定。在教堂的地下室找到克勞狄斯時，他正在祈禱，讓哈姆雷特掙扎是否要當場殺了克勞狄斯，他說：

> 他現在正在祈禱，我正好動手；
> 我決定現在就幹，讓他上天堂去，
> 我也算報了仇了。
> 不，那還要考慮一下
> ⋯⋯啊，這簡直是以恩報怨了。

〈第三幕第三場〉

> *Now might I do it pat, now he is praying;*
> *And now I'll do't. And so he goes to heaven;*
> *And so am I revenged?*
> *...O, this is hire and salary, not revenge!*

(Act 3, scene 3)

　　儘管有這麼好的下手機會，哈姆雷特還是選擇收劍離開。一開始觀眾會好奇他為什麼不動手，但哈姆雷特認為假如自己「以恩報怨」就等於便宜他了，假如他輕信鬼魂的話，將克勞狄斯送上西天，那麼他自己的靈魂也會受到詛咒。還有，就算

哈姆雷特擺明知道是克勞狄斯殺了他父親，這麼多地方不選，選在教堂下手，這真是個好主意嗎？

這一幕中，哈姆雷特並沒有聽到克勞狄斯在說些什麼。其實克勞狄斯並不是真的在祈禱，而是在對觀眾低語，坦承他之所以殺害哈姆雷特的父親，是為了能跟哈姆雷特的母親喬特魯德（Gertrude）同床共枕，他甚至對自己所做的事毫無悔意。

當哈姆雷特離開時，觀眾知道哈姆雷特做了錯誤的決定，但這選擇卻很吸引人，讓觀眾感到惋惜，邪惡的兇手就這樣讓他脫逃了？

電影《心靈捕手》（*Good Will Hunting*，1997）即是運用上述這種手法。像哈姆雷特一樣，剛開始威爾（Will，麥特·戴蒙❷飾）做了一個很反常的決定。

教授藍伯（Lambeau）請了一名心理專家來幫他，讓他可以發揮自己的天賦，成為更好的人，但威爾卻故意搞砸這次面試，帶他那些沒有受過教育的朋友去嘲弄怒罵這些心理系教授。後來女友史凱樂（Skylar）向他告白，希望他能跟她一起去加州，威爾卻騙史凱樂說自己並不愛她。

我們從威爾身上看到他不斷做出令人意外的選擇。他不想接受任何人的幫助，也對生活中的每件好事都保持一定的距離，因為他不相信好事會發生在他身上。最經典的一幕就是心理治療師西恩·麥奎爾（Sean Maguire，羅賓·威廉斯❸飾）

跟威爾說了自己的故事：西恩買到了一九七五年第六屆世界大賽，波士頓紅襪隊贏得歷史性勝利的票，但西恩放棄看那場比賽的機會，跑去找一個女孩。他做了一個有違常理的決定，但他並不後悔。

西恩的故事成就了這部電影結束時最重要的一幕，威爾在電影最終婉拒了藍伯給他的工作，因為他也要「去找一個女孩」，飛過州界去找他心愛的女人。

《心靈捕手》（*Good Will Hunting*, ©1997 Lionsgate, All Rights Reserved.）

觀眾喜歡主角做出乎意料外的選擇，因為這會挑起他們的好奇心。每一個意料之外的選擇都能讓角色有所成長，透露出這個角色的本質。

讓你的角色戰鬥和成長

我們比較一下哈姆雷特和雷歐提斯（Laertes，哈姆雷特的同學）這兩個角色。雷歐提斯也失去了父親，但兩人反應卻截然不同，哈姆雷特殺了雷歐提斯的父親波洛涅斯（Polonius，御前大臣），克勞狄斯跟雷歐提斯說，如果要為父報仇，就要殺了哈姆雷特，別錯過這個大好機會，要在教堂割了他的喉嚨。這句話讓觀眾想起，哈姆雷特當時拒絕殺害正在教堂祈禱的克勞狄斯。

如果說哈姆雷特對問題的掙扎程度多於結果，那麼雷歐提斯就是他的對照組——一個平板沒深度的角色，不會被「能不能」、「該不該」這種問題所困擾，所以戲劇裡雷歐提斯沒有成長或改變，只有一心為父報仇的執著，令他不假思索地去執行他的計畫。

毫無意外地，雷歐提斯直截了當的個性，讓觀眾不會去期待他有什麼內心掙扎。角色有無經歷掙扎與成長，是營造角色深度的關鍵。

《岸上風雲》（*On The Waterfront*，1954）裡的泰利·馬洛伊（Terry Malloy，馬龍·白蘭度❹飾）也是經過一番掙扎而獲得蛻變的角色。工會會長強尼·佛蘭德利（Johnny Friendly）哄誘碼頭搬運工人喬伊·道爾（Joey Doyle）到公寓，再趁機將之殺害，事後還要求泰利不准說出去。就在事態發展愈來愈棘手的同時，泰利認識了喬伊的妹妹伊迪（Edie），兩人墜入情網。

跟莎士比亞學創作

喬伊的死讓泰利內疚感與日俱增，促使他去指證工會頭子的罪行。

到了電影後段，泰利一改之前的態度，成了碼頭工人們對抗暴虐佛蘭德利的象徵，和工會並肩作戰。這些工人開始效忠泰利，表明除非泰利加入，不然他們就要罷工。泰利最終去了碼頭，成了新的工會領導人。

透過電影的進展，我們看到泰利內心掙扎與良知覺醒的過程，他明顯的前後差異讓觀眾得以一睹角色的內在蛻變，並深深打從心底同理這個角色。

很多劇作家都會告訴你要挖掘角色的獨特動機以及確立他的人格特質，但我們從《哈姆雷特》、《養子不教誰之過》、《心靈捕手》以及《岸上風雲》學到，雖然要讓故事保持前後一致的合理性，但有時最好不要限制角色只能有一個動機，讓角色內在產生衝突，隨著故事的進展成長與改變。

---

❶ James Dean（1931-1955），美國知名男演員，重要作品包括《天倫夢覺》、《養子不教誰之過》及《巨人》。

❷ Matt Damon（1970-），美國男演員、編劇，知名作品有《天才雷普利》、《心靈捕手》、《神鬼認證》等。

❸ Robin Williams（1951-2014），好萊塢知名男演員，曾獲奧斯卡金像獎、金球獎、美國演員工會獎、葛萊美獎等殊榮，重要作品有《心靈捕手》、《窈窕奶爸》、《A.I.人工智慧》等。

❹ Marlon Brando（1924-2004），美國電影男演員、社會活動家，曾兩次榮獲奧斯卡影帝，代表作有《慾望街車》、《岸上風雲》、《教父》、《血染的季節》等。

記憶重點

- 讓角色面臨內在衝突，引起觀眾共鳴，創造角色的心靈複雜性。
- 讓角色陷入天人交戰，增加複雜性，正、反兩方的理由要一樣強烈。
- 角色要做出令人意想不到的決定，這樣才能讓觀眾感到震驚、憤怒，或激起他們的好奇心。
- 讓你的角色隨著故事進展掙扎和成長，創造他心靈的深度。

參考電影

《岸上風雲》（*On The Waterfront*, 1954）
《養子不教誰之過》（*Rebel Without a Cause*, 1955）
《心靈捕手》（*Good Will Hunting*, 1997）

練習

1. 回想一個讓你進退兩難的抉擇，你當時的決定是什麼？設計角色做一個獨特的抉擇。列出清單寫下他們該做與不該做的所有理由。設計兩個一樣強烈的例子，寫兩場角色被迫做抉擇的戲。

2. 列出電影中你最喜歡的三個角色，他們被迫做了什麼抉擇？關於這些抉擇，他們的掙扎在哪裡？他們做這些抉擇會造成什麼影響？

3. 創造角色的成長和改變。思考你的角色在故事結束時是什麼樣子，你希望這個角色在開始的時候有什麼反面的特質，而在結束時他們又有什麼成長和改變？他們需要做什麼才會獲得不可缺少的特質？

跟莎士比亞學創作

第 2 章

羅密歐與茱麗葉

Romeo and Juliet

高潮必然會發生（但無法預測）

Parting is such sweet sorrow.

離別是甜蜜的悲傷。

《羅密歐與茱麗葉》被公認是莎士比亞戲劇中最經典的悲劇故事，一對戀人因為雙方家族長期爭鬥而被拆散的淒美劇情，使這部戲特別打動人心。

大多數人會認為，這部戲之所以如此淒美，是因為主軸圍繞在年輕愛侶的甜蜜故事上，但仔細想想，假如羅密歐與茱麗葉能夠白頭偕老，我們的感受還會這麼強烈嗎？這部戲的精華之處正是兩人殉情的場景，必然要是這種結局才能成就這段完美的愛戀。

其實這種免不了的結局走向，正是這類戲劇的魔力所在，假如《羅密歐與茱麗葉》的結局不是如此，怎麼能帶出這齣戲的高潮？莎士比亞要怎麼把結局做到不那麼一目了然？這當中有什麼技巧值得我們學習？

預言

一開始，莎士比亞就做了一件令人意想不到的事：他率先透露結局。一開始的旁白便預告了後面的劇情，告訴觀眾羅密歐與茱麗葉注定會雙雙殉情：

> 故事發生在維洛那名城，
> 有兩家門第相當的巨族，
> 累世的宿怨激起了新爭，
> 鮮血把市民的白手污瀆。
> 是命運注定這兩家仇敵，

生下了一雙不幸的戀人，
他們的悲慘淒涼的殞滅，
和解了他們交惡的尊親。

〈第一幕第一場〉

Two households, both alike in dignity,
In fair Verona, where we lay our scene,
From ancient grudge break to new mutiny,
Where civil blood makes civil hands unclean.
From forth the fatal loins of these two foes
A pair of star-cross'd lovers take their life;
Whose misadventured piteous overthrows
Do with their death bury their parents' strife.

(Act 1, scene 1)

　　莎士比亞運用強而有力的文學筆法，稱作「預示」（foretelling，或稱 prolepsis，表「預期」）也就是提前敘述即將發生的情節，讓我們意識到故事最終的走向。

　　洩漏結局似乎有違一般人對創作的認知，但這段臺詞確實激起了觀眾的興趣。莎士比亞一開始就讓觀眾知道故事中有性、暴力、死亡等元素，以及美好、爽快、驚悚的情節。

　　莎士比亞透露這麼多訊息，讓我們學到一件事：許多作家擔心在一開始破哏會破壞驚喜，然而事實並非如此。

　　以電影《美國心玫瑰情》（*American Beauty*，1999）為例，

預示並沒有讓高潮的震撼度減少。電影一開始的旁白就相當引人好奇：

> 我的名字叫萊斯特‧伯恩漢姆。這是我的社區，這是我的街道，這是我的人生。我四十二歲，這一年我會死掉。

就算聽到這段旁白，我們也不會事先知道萊斯特那身為退役上校的鄰居會誤認他是同性戀，試圖誘姦他，最後還一槍轟掉他的腦袋。

破哏並不會毀掉結局，反之，它說明了萊斯特每個行為背後隱藏的重要意義，因為我們知道他即將會死。

預示法其實是現代電影很常見的一種手法，《日落大道》（*Sunset Boulevard*，1950）一開始就出現男主角的屍體漂浮在游泳池上的畫面；最佳動畫片《麥克邁：超能壞蛋》（*Megamind*，2010）則是一開始就讓主要角色死亡。

倒敘的預示手法是有一種強而有力的設計，讓觀眾更想了解這些角色和他們的歷程。故事之所以有趣，很少是來自於會發生「什麼事情」（what），而是「如何」（how）和「為什麼」（why）發生。

伏筆

伏筆是一連串的徵兆，像是提醒顯而易見的回溯線索，不斷

跟莎士比亞學創作

在觀眾眼前展開，未來的事件總是尾隨在後。

　　莎士比亞在《羅密歐與茱麗葉》的每一幕都埋下伏筆，有計畫地安排在主角每個人生大事裡。茱麗葉第一次遇見羅密歐時，第一句話就問保母誰是羅密歐：

去問他叫什麼名字。
要是他已經結過婚，那麼墳墓便是我的婚床。

〈第一幕第五場〉

Go ask his name: if he be married,
My grave is like to be my wedding bed.

(Act 1, scene 5)

　　當茱麗葉第一次看到羅密歐，那個決定性的瞬間，她第一個閃現的是有關死亡的念頭，而且那不是她唯一一次談論死亡，就在他們完成婚禮之前，茱麗葉說道：

把我的羅密歐給我；等他死後，
帶他走讓他分散成小星星，
把天空變得如此美好，
使全世界都戀著黑夜，
不再崇拜眩目的太陽。

〈第三幕第二場〉

Give me my Romeo; and, when he shall die,
Take him and cut him out in little stars,
And he will make the face of heaven so fine

43

That all the world will be in love with night
And pay no worship to the garish sun.

(Act 3, scene 2)

當羅密歐離開，她從陽臺往下看著他說：

上帝啊！我有能預感不祥的靈魂；
你現在站在下面，我彷彿望見你像一具墳墓底下的屍骸。
也許是我的眼光昏花，否則就是你的面容太慘白了。

〈第三幕第五場〉

O God, I have an ill divining soul!
Methinks I see thee now, thou art so low,
As one dead in the bottom of a tomb.
Either my eyesight fails me, or thou lookest pale.

(Act 3, scene 5)

這也許是伏筆最生動的例子。然而茱麗葉在第四幕的詐死就像在為最後一幕預演。她之前已經死過一次，在最後一幕來臨前，我們就已經隱約猜到她的死亡似乎是不可避免的。

莎士比亞一再地暗示死亡，實際目的就是要告訴觀眾即將發生的事，儘管觀眾知道羅密歐和茱麗葉會邁向死亡，也希望他們不會死，但還是猜不到悲慘的死亡命運是如何接近他們。

曲折

羅密歐和茱麗葉在最終會死亡是無可避免的，但就算前面

早就出現了伏筆、預告，和必死的理由，觀眾仍不能準確地知道最後會發生什麼事。

我們不能預知茱麗葉說明自己假死的信會不會及時送達，或是羅密歐來不來得及在茱麗葉服藥之前出現，又或者羅密歐以為茱麗葉已經死亡，因而決定自殺。

莎士比亞的高潮結局驚駭嚇人，迂迴且複雜的設計，是預言、伏筆和曲折手法的完美組合，即使是無可避免的結局走向，當中仍藏有許多未知。

若是你認為伏筆一定會洩漏結局，那麼看看那些驚悚片吧。緊張刺激的故事應該是令觀眾充滿驚嚇、震撼感，並在最後令人恍然大悟。

史上最恐怖的電影《鬼店》（*The Shining*，1980）就運用伏筆的寫作手法，不但沒有破壞驚奇，反而加強了戲劇效果。

傑克·托倫斯（Jack Torrance，傑克·尼克森❶飾）去應徵旅館冬季的管理員，老闆史托塔（Stuart）警告他這座陽春旅館是遺世獨立的，還告訴他前一個冬季管理員多麼瘋狂，把整個家搞得天翻地覆的往事。

與其把那些恐怖又神祕的情節隱而不顯，我們反倒可以事先透露一些情節，這些線索讓我們知道傑克和他的家人即將會有危險，讓觀眾從一開始就提心吊膽。

伏筆並不會到此結束，一幕接一幕，我們都會提前嗅到危險的訊號。在他們出發去眺望旅店前，我們就看到傑克的妻子溫蒂告訴她朋友，傑克已經去幫他兒子丹尼整裝。後來，他們到那裡時，我們看到傑克從駭人的夢中驚醒：

傑克：我做了一個我這輩子最恐怖的惡夢，我這輩子最可怕的夢。
溫蒂：沒事了，沒事了，真的。
傑克：我夢到我殺了妳和丹尼，而且我不只殺了妳，我還把妳切成碎片，天啊，我一定是得了失心瘋。

這場夢很明顯是想讓觀眾憶起史托塔的警告以及即將發生的事：傑克會發瘋，並且把溫蒂跟丹尼剁成碎片。

觀眾接收到伏筆要行動的訊息，像希區考克（Alfred Hitchcock）聞名的「桌子底下的炸彈」（bomb under the table）：建構懸念。

我們在戲院裡等待害怕和恐懼的高潮接踵而來，一旦爆發了，就會驚天駭地。

像《羅密歐與茱麗葉》一樣，觀眾也無法準確知道《鬼店》會以何種方式結束，最後一幕曲折再曲折，用連續鏡頭製造令人恐懼的高潮。

誰能夠忘得了傑克·尼克遜的斧頭穿過門，詭異地叫道：「溫蒂！我回家囉！」（Wendy! I'm home!）？結局不但震撼、驚悚，而且也令觀眾大感意外。

跟莎士比亞學創作

《鬼店》(*The Shining*, ©1980 Warner Bros., All rights reserved.)

　　我們可以從這些例子得知，預告和伏筆是提高恐怖性、加強觀眾焦慮感的有效方法。因為觀眾在某種程度上對結局已有了心理準備，在百轉千迴後，當所預期的恐怖場景終於來臨時，整齣戲就邁入了高潮。

---

❶ Jack Nickson（1937-），美國著名男演員，曾兩次獲學院獎最佳男主角獎，六次獲金球獎。代表作有《飛越杜鵑窩》、《愛你在心口難開》。

記憶重點

- 預示（在敘事時提前描述未來的事件）和伏筆（提示即將發生的事）是設計高潮重要的工具。
- 預示和伏筆是創造故事完美結局的關鍵。
- 伏筆和預示不會有損結局的驚奇度，反而會強化它。
- 在可預料的劇情中，不斷製造曲折的情節。

參考電影

《日落大道》（*Sunset Boulevard*，1950）
《鬼店》（*The Shining*，1980）
《美國心玫瑰情》（*American Beauty*，1999）
《麥克邁：超能壞蛋》（*Megamind*，2010）

練習

1. 再看一次你喜歡的某部電影，密切注意它怎麼安排高潮，使用什麼手法？你能找到預示和伏筆在哪一幕嗎？對整齣戲來說，這麼做造成了什麼樣的效果？

2. 創作短片故事，將高潮安排在第一段結束，用兩頁的篇幅寫出故事的高潮和走向。

3. 假如你目前正在寫劇本，再思考一下你的大綱，你的故事是怎麼收尾的？你有在結束前安排幾個鋪陳嗎？你能想辦法埋幾個伏筆和預示來加強張力嗎？你有在結局時安排意想不到的大逆轉嗎？

第

3

章

馬克白
Macbeth

觀眾喜歡走火入魔的角色

Out, damned spot!

去，該死的血跡！

在莎士比亞所有的女性角色中，馬克白夫人顯然是最有魅力的一位，雖然該劇是以她的丈夫馬克白爲名，但重點其實是在描寫她不擇手段的性格，而非馬克白意圖殺害蘇格蘭國王以奪取王位之事。是她策畫一連串的謀殺並掩蓋案情，讓劇情得以展開。馬克白夫人是這齣血腥戲劇的源頭，集強烈的執念於一身。

觀衆喜歡著魔的角色，他們貪婪、目標導向、爲達目的不擇手段，讓人樂趣無窮。他們暴躁易怒的能量會吸引周遭的每一個人，包括看戲的觀衆。

馬克白夫人的魔力到底從何而來？我們如何在大銀幕上呈現出那種痴狂？

出場就爆發

一出場，馬克白夫人就接到她丈夫說有人預言他會成爲國王的信，於是她在腦中盤算了一會兒，立刻策畫出暗殺國王鄧肯的計畫：

來，注視著人類惡念的魔鬼們！解除我的女性的柔弱，
用最凶惡的殘忍自頂至踵貫注在我的全身；
凝結我的血液，
不要讓憐憫鑽進我的心頭，
不要讓天性中的惻隱搖動我狠毒的決意！
你們無形的軀體散滿在空間，到處找尋爲非作惡的機會，

跟莎士比亞學創作

進入我的婦人的胸中，把我的乳水當作膽汁吧！

來，陰沉的黑夜，用最昏暗地獄中的濃煙罩住你自己，

讓我銳利的刀瞧不見它自己切開的傷口，

讓青天不能從黑暗的重衾裡探出頭來！

〈第一幕第五場〉

That tend on mortal thoughts, unsex me here,

And fill me from the crown to the toe top-full

Of direst cruelty! Make thick my blood;

Stop up the access and passage to remorse,

That no compunctious visitings of nature

Shake my fell purpose, nor keep peace between

The effect and it! Come to my woman's breasts,

And take my milk for gall, you murdering ministers,

Wherever in your sightless substances

You wait on nature's mischief!

(Act 1, scene 5)

　　一出聲，馬克白夫人烈火般的情緒就將整部戲帶向高峰，她不只準備要殺人，還鼓動黑暗勢力來助她一臂之力，不過這還不是讓觀眾最不安的部分，馬克白夫人希望讓自己「去性別化」——把自己改造成男人，或是雌雄同體的怪物，這樣她才能完成嗜血的陰謀。馬克白夫人的出場氣勢萬鈞，也把觀眾一同帶入了這場腥風血雨中。

　　劇中角色的出場方式是很重要的，這種鬼迷心竅的角色必須一出場就展現出那種狂熱。

51

《黑金企業》（*There Will Be Blood*，2007）裡的悲慘主角丹尼爾·普蘭尤（Daniel，丹尼爾·戴·路易斯❶飾）即為一例。觀眾第一個鏡頭就看到丹尼爾在礦井底下採銀礦，當他扛著礦要往上爬時，梯子應聲斷裂，突然跌落井底，摔斷了腿，但他並沒有放棄，一步一步再度走向折斷的梯子，想盡辦法到小鎮把礦賣出去。在那一幕，我們都看得出來他已經財迷心竅了，沒有任何事可以阻止他，我們知道將會有一場腥風血雨。

膽大妄為

馬克白一再地反對妻子殺害鄧肯的計畫，馬克白夫人回擊並打消他尖銳的指控，反過來攻擊他的男性尊嚴，罵他不像男人，讓他啞口無言：

> 現在你有了大好的機會，又失去勇氣了。
> 我曾經哺乳過嬰孩，
> 知道一個母親是怎樣憐愛那吮吸她乳汁的子女；
> 可是我會在它看著我的臉微笑的時候，
> 從它的柔軟的嫩嘴裡摘下我的乳頭，
> 把它的腦袋砸碎，要是我也像你一樣，
> 曾經發誓下這樣毒手的話。

〈第一幕第七場〉

I have given suck, and know
How tender 'tis to love the babe that milks me:
I would, while it was smiling in my face,
Have pluck'd my nipple from his boneless gums,

And dash'd the brains out, had I so sworn as you
Have done to this.

(Act 1, scene 7)

這幾句話真是震撼人心，什麼樣的媽媽會在哺乳時把面露微笑的嬰兒扯開、敲他的頭還抓他摃牆？儘管如此，這裡充分證明了她擁有一副好口才，因為這場戲結束時，馬克白終於同意要謀殺鄧肯。她著魔的威力控制著周遭的每個人——包括慫恿她的丈夫弒君奪位。

然而真正讓人感到膽寒的是馬克白夫人的大膽與厚顏無恥，她樂在其中的殘忍暴行讓她的丈夫和觀眾們都驚愕萬分。

著魔的角色必須有別於一般人，這樣觀眾才會想看。觀眾樂於被嚇。我們不會忘記《戰慄遊戲》（*Misery*，1990）的安妮‧維克斯 （Annie Wilkes，凱西‧貝茲❷飾）把作者用皮帶捆綁在床上，用大鎚子敲碎他的腳踝。這一連串驚嚇戰慄的恐怖情景令人難忘。冷硬的舉動、精神錯亂的失序行為讓我們相信她走火入魔的程度無人能敵，畢竟她是作者的「頭號粉絲」。

急劇增長的瘋狂

馬克白夫人對謀殺鄧肯這件事一點都不內疚，事實上，她還大肆嘲笑丈夫的懦弱，但在一連串詭計的最後，她說道：

去，該死的血跡！去吧！一點、兩點，

啊，那麼現在可以動手了。

地獄裡是這樣幽暗！呸，我的爺，呸！

你是一個軍人，也會害怕嗎？

既然誰也不能奈何我們，為什麼我們要怕被人知道？

可是誰想得到這老頭兒會有這麼多血？

〈第五幕第一場〉

Out, damned spot! Out, I say!

One, two: why,

then, 'tis time to do't. Hell is murky! Fie, my

Lord, fie! A soldier, and afeard? What need we

Fear who knows it, when none can call our power to

Account? Yet who would have thought the old man

To have had so much blood in him.

(Act 5, scene 1)

　　這些瘋狂的舉動——包括她用力擦洗手上想像中的血跡（血跡通常象徵罪惡感），都再再顯示馬克白夫人並不後悔自己因強烈野心所犯下的暴行。她不斷嚴厲地罵丈夫懦弱，而且一點都不為自己的瘋狂舉動感到後悔。最終，毀掉她的不是恐懼，而是她的執著。她為了達成這個目標，不計一切代價，這種執迷甚至令她發狂。自殺的結局象徵著她的詭計終告失敗——她自作自受，得到應有的報應。

　　觀眾就是喜歡看這種失心瘋的角色抓狂，這些瘋狂的角色滿足了我們想要占有、控制和支配的深層渴望，就像去遊樂場玩刺激驚險的設施一樣。但觀眾終究還是希望他們會得到報

應，畢竟我們還是會害怕那些殘暴的天性、大膽的陰謀，和蓄意的暴行。他們的死大快人心，觀眾幸災樂禍地等著看他們被自己的野心反噬。

《疤面煞星》(Scarface，1983) 也是這樣喚醒人們的野心。一位古巴移民毒販的起落，反覆呈現赤裸的野心，引起人們極度的不安。從一開始，湯尼·蒙大拿 (Tony Montana，艾爾·帕西諾❸飾) 便誇下豪語，他絕不會像身邊那些三流小混混一樣，他知道自己一定會混出個名堂：

> 湯尼：我迫不及待那些即將到來的一切。
> 曼尼：哦，例如什麼？
> 湯尼：天下、弟兄們，和所有的一切。

湯尼一路扶搖直上，一開始是黑道老大法蘭克的小跟班，後來卻接收了法蘭克的一切，包括他的事業、人脈，甚至是他的女人愛薇雅。湯尼為了上位殺人不眨眼，一路爬到巔峰。他得到了他想要的一切，但他並不快樂，事實上，當他握有一切時，卻面臨了人生的低潮。當他在俱樂部被香檳、女人和成堆的古柯鹼圍繞時，發出了怒吼：

> 就這樣了嗎？這一切有什麼意義？美食、美酒、性、毒品？那是什麼？你五十歲，你得到源源不絕的財富，當你有奶頭，你就需要奶罩。你爬到人家頭上，像是個充滿銅臭味的髒東西。你就只能吞下一切，就像這些有幾個臭錢的行屍走肉一樣。

是那股瘋狂推動他成功，這是萬丈深淵，對湯尼而言沒有任何願望比當上老大更重要，就像馬克白夫人一樣，讓湯尼心靈覺醒的是功成名就，而不是失敗。

《疤面煞星》（*Scarface*, ©1983 universal, All rights reserved.）

　　電影的高潮就在湯尼背叛毒梟索莎那一幕。索莎要報仇，像索莎的男人進入大樓豪宅，殺了一個又一個守衛，湯尼抄了一支槍，在嗑藥過量暴怒中，快速地前往宅邸，要用他的M16步槍與人交火、突襲，並說出那句著名的臺詞：「向我的小朋友說哈囉！」（*Say hello to my little friend!*）湯尼掃射了上打子彈，他的人生在血光交織中結束，最後一幕是湯尼在大理石

跟莎士比亞學創作

雕像腳下、糾纏交織的屍體中讀懂「世界是你的」這句話——呼應湯尼在電影一開始跟曼尼說的:「我想要……全天下,兄弟,和這一切。」

　　著魔的角色引人入勝,觀眾被他們的故事深深吸引,喜歡看他們的熊熊熱情,也喜愛他們在最後瞬間的情感宣洩。

---

❶ Daniel Day-lewis(1957-),知名英國及愛爾蘭電影演員,三度榮獲奧斯卡影帝頭銜。代表作有《黑金企業》、《華麗年代》、《林肯傳》。

❷ Kathy Bates(1948-),美國實力派演員及電影導演,屢次獲提名奧斯卡最佳女配角獎及金球獎,並於1991年以《戰慄遊戲》贏得第63屆奧斯卡最佳女主角獎。

❸ Al Pacino(1940-),出生於美國紐約的知名男演員,曾獲奧斯卡最佳男主角。著名作品有《教父》、《教父2》、《女人香》等。

記憶重點

- 讓角色在一出場時就顯露出不計一切代價的野心。
- 用他們的慾望和猖狂讓觀眾留下深刻印象。
- 觀眾愛看這些瘋狂角色占上風,但也希望他們最終得到報應。

參考電影

《疤面煞星》(*Scarface*,1983)
《戰慄遊戲》(*Misery*,1990)
《黑金企業》(*There Will Be Blood*,2007)

練習

1. 每個人的一生中總有些令他特別執著瘋狂的事,寫一件讓你瘋狂想要達到的事,並列舉為了達到這個目的,你會做哪十件震撼觀眾的事。

2. 設定這個失心瘋的角色想不計代價達成什麼目標──小至當上家長會長,大到想統治世界都可以,同樣列出十件項他為了達到此目的會做的瘋狂舉動。

3. 為你設定的角色寫一個震撼人心、充分表達出其野心的出場,你的角色要做什麼才能有效果?要如何讓這一幕顯得強而有力,讓他的性格充分顯露,震撼觀眾。

奧塞羅
Othello

個人悲劇的力量

These words are razors to my wounded heart.

這些字是剃刀，刺進我的心。

莎士比亞的悲劇都會設定在特殊的歷史背景下，例如《哈姆雷特》是國王之死，《馬克白》是蘇格蘭王被謀殺，《李爾王》則是一座帝國的瓦解。

只有《奧塞羅》並沒有捲入帝國的興衰，也沒有處在政治動盪的時期，只是描述一個男人最終殺害自己心愛妻子的故事。

這並不是什麼時代劇，只是一個小故事而已。然而它為何能成為莎士比亞最悲慘的一部戲？是什麼元素讓故事的後勁這麼強？

提高個人風險

或許《奧塞羅》乍看與其他故事不太一樣，但深究其核心，這齣戲跟其他悲劇一樣，都讓觀眾對劇中角色深感同情、悲傷和遺憾。《奧塞羅》聚焦在兒女私情上，去掉政治動盪的背景框架，凸顯出該劇的核心情感。

身為劇作家，我們經常在建立敘事結構時企圖擴大故事框架，不只讓主角面臨危機，還要讓整個國家，甚至整個世界都陷入危險。但悲劇的源頭其實應該在於角色本身的情感狀態，它必須是深層、強烈且私密的。引起觀眾共鳴的是個人的處境，而不是其所處的時代背景。

電影《凡夫俗子》（*Ordinary People*，1980）是一部融合痛苦、美好及悲情的故事，揭露人們總是想要維持表面和諧的假

跟莎士比亞學創作

象。該電影描述一個家庭亟欲從傷痛中重新振作:家中長子遇溺死亡,倖存的小兒子因自責而不斷萌生自殺的念頭。一位精神科醫師努力幫助年輕的康拉德(Conrad,提摩西·荷頓❶飾)走出因哥哥死亡而自責的陰影。

電影在回憶中深刻地描繪痛失至親的傷痛。這種悲劇情境的寫法並沒有在廣大的架構下進行,而是偏向個人情感的深度刻畫,令人不禁好奇:這家人能夠順利走出傷痛嗎?

就算把故事安排在歷史上的重大時刻,也還是要點出個人的利害關係,就像電影《美麗人生》(*Life is Beautiful*,1998)一樣,背景設在人類史上最大悲劇──納粹大屠殺期間,但讓我們真正感受到悲慘的卻是基多(Guido,羅貝托·貝尼尼❷飾)緊抓著小兒子,用手遮住他年幼的雙眼,不讓他看到毒氣室堆疊的屍體的那一幕。這樣的安排,讓觀眾能夠從角色的私人情感中感受到那個時代的恐怖氛圍。

故事中令人最感悲慘的部分並不是基多一家陷入政治角力,而是他們一家人的特質,讓觀眾對他們的悲慘遭遇感同身受。

把愛的感覺帶給觀眾

《奧塞羅》展現了深刻的個人情感,苔絲狄蒙娜(Desdemona)的父親勃拉班修(Brabantio)強烈指控奧塞羅誘拐他的女兒,盛怒下的他在威尼斯總督來前對奧塞羅和苔絲狄蒙娜一再拖延決定,提出過分的和解條件。

61

在莎士比亞的寫作信條中，一則動人的演說是必要的。奧塞羅細述那段未加修飾的故事，包括他如何拜訪苔絲狄蒙娜，告訴她那些吸引她出神傾聽的個人冒險故事。奧塞羅的敘事生動且鉅細靡遺，他聲稱苔絲狄蒙娜是因為被他的故事所打動才愛上他的：

> 她為了我所經歷的種種患難而愛我，
> 我為了她對我所抱的同情而愛她。

〈第一幕第三場〉

> *She loved me for the dangers I had pass'd,*
> *And I loved her that she did pity them.*

(Act 1, scene 3)

故事說完，威尼斯總督不但沒有異議，還微笑道：「這樣的故事，我想我的女兒聽了也會著迷的。」到了第一幕第三場結束，這段危機不但已經解除，總督還對他們報以溫暖的話語和祝福。

一開始就讓危機解除，這樣的設定似乎滿特別的，但奧塞羅和苔絲狄蒙娜兩人是否真的相愛，這才是本齣戲的核心所在。兩人一開始怎麼相戀，這點固然重要，但莎士比亞更進一步向我們展示奧塞羅和苔絲狄蒙娜談情說愛的幸福景象，顯露出兩人間那份強烈又真誠的情感。

由於這部悲劇的重點在於兩人最終無法修成正果，因此需

要讓觀眾看到他們一開始有多麼幸福甜蜜，這樣我們才會在情況跌落谷底時感受到悲劇張力。我們愈了解兩人之間有多麼難分難捨，就愈能感受到他們最後那種撕心裂肺的痛楚。

《班傑明的奇幻旅程》（*The Curious Case of Benjamin Button*，2008）證明了這一點。這是部有別以往的愛情故事，主角黛西（Daisy，凱特·布蘭琪❸飾）和班傑明（Benjamin，布萊德·彼特❹飾）的關係很特別。班傑明會不斷返老還童，年紀愈大看起來愈年輕。

兩人初識時，黛西六歲、班傑明十二歲，即便班傑明當時的外貌是個老男人，兩人還是很快就變得相當親密。當他們再度相遇並墜入愛河時，兩人的外表年齡看起來登對多了，在這段幸福洋溢的時間裡，他們有了孩子。

《班傑明的奇幻旅程》（*The Curious Case of Benjamin Button*，）

到了後期，黛西已經變老，而班傑明則愈活愈年輕，他們最後相遇時，黛西並沒有飛奔到班傑明的懷中，只是沉著自若、平靜地把班傑明介紹給女兒。他從來沒見過對他來說像家人又像朋友的女兒，在那一刻，失去所愛的痛苦變得更為明顯。

愛不到的痛苦

《奧賽羅》的最後一幕，讓我們看到那種想愛卻愛不成的煎熬。當時奧賽羅堅信苔絲狄蒙娜對他不忠，下定決心要殺了她。他俯視著苔絲狄蒙娜熟睡的身軀，最後一次吻她的唇，不敢相信她直到這一刻看起來都還是那樣純潔美麗：

> 願你到死都是這樣。我要殺死你，
> 然後再愛你。

〈第五幕第二場〉

> *Be thus when thou art dead, and I will kill thee,*
> *And love thee after.*

(Act 5, scene 2)

奧賽羅的內在衝突相當明顯：他情不自禁地吻了苔絲狄蒙娜一次又一次。矛盾又複雜的心情營造出一股迷人的魔力，奧賽羅把她引來又拒絕她，放不下對苔絲狄蒙娜的感情卻又想殺了她。

我們得先了解他們彼此間的感情有多麼纏綿糾葛，等到兩人關係終告破裂的那一刻，與第一幕的幸福喜悅一對照，這時

才能顯示出他們的命運有多悲苦。強烈的先後對比讓觀眾無一不淚濕滿襟。

《鐵達尼號》（*Titanic*，1997）當中兩個著名的場景也是用了相同的手法。一開始，傑克（Jack，李奧納多・狄卡皮歐❺飾）帶蘿絲（Rose，凱特・溫斯蕾❻飾）到他工作的船頭，兩人爬到船頭的最頂端，閉上眼睛，蘿絲張開眼睛抬起手臂，傑克抓住她的手臂，兩人靠在一起，像賽風帆一般，這是電影中最浪漫的一刻。

另一個場景則是最後當傑克和蘿絲正等待營救船接近時，蘿絲回過頭來，才發現傑克已經悄悄滑落到冰冷的海裡凍死了。這痛失摯愛的一幕令觀眾難以忘懷，兩幕前後呼應，達到完美的平衡，讓我們在劇終時潸然淚下，激發出澎湃的情感。這些災難提醒我們要有個痛苦的結束，因為個人的苦難被證明有其力道。

《鐵達尼號》（*Titanic*, ©1997 Paramount, All rights reserved.）

65

❶ Timothy Hutton（1960-），美國的知名演員和導演，20歲時曾憑《凡夫俗子》一片榮獲奧斯卡最佳男配角。

❷ Roberto Benigni（1952-），義大利電影導演與電視劇演員，因自編自導自演電影作品《美麗人生》奪得奧斯卡金像獎最佳外語片及最佳男主角，成為全球首位非英語系電影的奧斯卡影帝。

❸ Cate Blanchett（1969-），澳洲知名女演員，以電影《藍色茉莉》中的落難貴婦一角榮獲第86屆奧斯卡獎最佳女主角。

❹ Brad Pitt（1963-），美國男演員及製片人，曾經獲得奧斯卡最佳男配角獎提名、金球獎最佳男配角獎，代表作有《第六感生死緣》、《班傑明的奇幻旅程》、《自由之心》。

❺ Leonardo Dicaprio（1974-），美國男演員、電影製片人。曾演出《神鬼玩家》、《紐約黑幫》、《神鬼交鋒》、《神鬼無間》等片。

❻ Kate Winslet（1975-），英國女演員與歌手，著名電影作品有《理性與感性》、《鐵達尼號》、《王牌冤家》、《為愛朗讀》等。

記憶重點

- 悲劇之所以是悲劇，其出發點在於角色所付出的情感。
- 會引起觀眾共鳴的點在於個人的情感危機，而不是龐大的背景架構。
- 營造幸福美滿的場景，跟營造關係破裂的場景一樣重要。

參考電影

《凡夫俗子》(*Ordinary People*，1980)

《鐵達尼號》(*Titanic*，1997)

《美麗人生》(*Life is Beautiful*，1998)

《班傑明的奇幻旅程》(*The Curious Case of Benjamin Button*，2008)

練習

1. 每個人的人生都有創傷經驗，你個人經歷過最悲慘的事情是什麼？這個事件對你造成了什麼影響？你能用這個特殊事件為主軸寫出一個故事嗎？

2. 構思一部悲劇，讓角色失去他最重要的東西，例如失去自己最心愛的人。用兩頁的篇幅來寫該角色如何陷入悲劇裡。

3. 賣座大片常會因為個人情感的描摹不夠深刻而被批太過冰冷，找一部你最喜歡的賣座電影，想像劇中英雄有什麼私人的情感危機？這些情緒要怎麼融入角色和故事中？

第 5 章

李爾王
King Lear

想要創造經典劇情嗎？
讓家庭崩壞吧！

More than kin and less than kind.

有親情關係，感情卻不如路人。

《李爾王》是一齣冷酷無情的戲，既殘酷又充滿災難。當李爾把他的領地分給三個女兒後，這個大家庭開始分崩離析，讓他和他的王國走向頹敗。故事的最後，李爾發瘋了，在暴風雨中赤身裸體，孤獨地垂死。這部戲訴說著這個家庭獨有的痛苦與愛，在緊密的關係下，裡頭潛藏的是憤恨與暴力。這部令人深惡痛絕卻卓越如史詩般的作品，從各方面來看都是永恆的經典。

通常經典之作都像《李爾王》那樣把焦點放在家族糾葛上。人類自古以來都無法脫離家庭，因為家是人們最重要，卻又最讓人感到痛苦的綜合體，這正好符合一部精采戲劇該具備的條件。當然，不是所有的家庭劇都能成功，那麼要怎麼樣才能創造經典？我們可以從《李爾王》中學到什麼？

始於根基

每個作家都想創造出讓人眼睛為之一亮的開場，家族劇的開場一定要表現出這個家庭特有的問題和衝突，並且要設定好每次爭吵的場景。必須一開始就把整個基調給定下來。

《李爾王》的第一幕就是李爾決定要來測試看看哪個孩子最愛他，他的孩子必須表達出他們對父親的忠誠和熱愛。這看似是個簡單的測試，其實不然。

黎根（Regan）和高娜麗爾（Goneril）這兩個年紀較長的姊姊率先表示，她們會永不止歇的盡自己最大的努力替對方設想

美好的一切，最小的妹妹考狄利婭（Cordelia）不屑附和他們，決定做一個默默愛著父親的女兒，李爾轉向她：

> 李爾：你有些什麼話，可以換到一份比你的兩個姊姊更富庶
> 　　　的土地？說吧。
> 考狄利婭：父親，我沒有話說。
> 李爾：沒有？
> 考狄利婭：沒有。
> 李爾：回答「沒有」，你就什麼都沒有，我再說一次。
> 考狄利婭：我是個笨拙的人，不會用嘴表達我的心，我愛您，
> 　　　　　只因為我是您的女兒，一分不多，一分不少。
>
> 〈第一幕第一場〉

Lear: *What can you say to draw a third more opulent than
　　　your sisters? Speak.*

Gordelia: *Nothing, my lord.*

Lear: *Nothing?*

Gordelia: *Nothing.*

Lear: *Nothing will come of nothing: speak again.*

Gordelia: *Unhappy that I am, I cannot heave
　　　　My heart into my mouth. I love your majesty
　　　　According to my bond; no more nor less.*

(Act 1, scene 1)

考狄利婭知道父親的期待，但是她拒絕參與這場遊戲，她與兩個姊姊有著明顯的不同，她堅持實話實說，而她的姊姊們，為了達到目的，什麼話都說得出口。結果暴怒的李爾把眞

71

正愛他的女兒給逐出了家門。

　　本齣戲一開場就揭露這個家庭的根本問題：李爾認不清他自己的小孩，他的愚昧無知是悲劇的源頭，直到最後，李爾才終於明白，他孩子們巴不得他快死。

　　《心靈鑰匙》（*Extremely Loud & Incredibly Close*，2011）的開場以倒敘的方式安排這個家庭令人心折的美麗，奧斯卡（Oskar，湯瑪斯‧霍恩❶飾）熱切地在紐約尋找父親「遺失的第六把鑰匙（巴勒斯）」（lost sixth Burrough），這整場戲奧斯卡的母親被邊緣化，她總是在那裡，但她顯得疏遠和冷淡，好像她自私到對自己的兒子毫不在乎。我們在螢幕上看到插敘（flash forward）❷已經知道奧斯卡的父親在911事件中罹難，而他跟母親之間的連結還是沒有更強烈。

《心靈鑰匙》（*Extremely Loud & Incredibly Close*，©2011Warner Bros., All rights reserved.）

72

跟莎士比亞學創作

故事終了，奧斯卡發現母親總是默默看顧著他，每分每秒都靜靜地跟在他的身後。這些溫柔的時刻，讓奧斯卡和母親能夠走過悲傷，釋放對彼此的愛。假如一開始沒有安排那些重要的場景，這一刻就不會有那麼強的力道。

不歸路

我們相信《李爾王》的悲劇源頭是因為李爾無法了解他自己的女兒，但是某個悲痛性的一幕翻轉了我們原先的想法，那就是李爾一家再也回不去的一幕。

李爾從這一幕開始離開他女兒高娜麗爾的房子，他對高娜麗爾逼他的大半隨從離開她的房子很生氣，她聲稱沒有這麼大的地方讓他們住，李爾去求助另一個女兒黎根是否能收留國他和他的隨從，但都遭到拒絕。他對黎根與高娜麗爾的傲慢感到相當驚訝：

高娜麗爾：父親，我們家裡難道沒有兩倍這麼多的僕人可以待候
　　　　　您？依我說，不但用不了二十五個人，就是十個五個也
　　　　　是多餘的。
　黎根：依我看來，一個也不需要。
　李爾：啊！不要跟我說什麼需要不需要。

〈第二幕第四場〉

Oneril: *What need you five and twenty, ten, or five,*
　　　　To follow in a house where twice so many
　　　　Have a command to tend you?

73

Reean: *What need one?*

Lear: *O, reason not the need!*

(Act 2, scene 4)

　黎根和高娜麗爾像兩頭鯊魚一樣合攻她們的父親：一個剛開始關心他，另一個就讓他破滅，李爾最後一無所有，他悲哀地請他們行行好：「啊！不要跟我說什麼需要不需要！」(*O, reason not the need!*)連下令的權威都沒有，他還算是個國王嗎？甚至還是一個父親嗎？從那一刻起，李爾意識到自己被逼上了絕路，他知道黎根和高娜麗爾會一起挑戰他，而且她們會贏。

　這一幕揭露了令人震驚的逆轉力量：如今他的女兒已有能力驅逐他，取代他行使權力。以觀眾對悲劇劇情發展的理解，她們折磨父親，所以，李爾也許對他的孩子認識不清，但沒有一個父親應該忍受這種痛苦。

　這種回不了頭的情節是很常見的劇本設定，出現在重要角色反轉命運或新的主要情節，以家庭劇來說，則是出現在家庭出現變動等戲劇性的改變時刻。

　經典電影《辣手摧花》(*Shadow of a Doubt*，1943)的故事轉折在於年輕的查莉(Charlie，特雷莎・萊特❾飾)指控她叔叔是殺人兇手，為了她們家好，她希望叔叔能夠離開小鎮，以免可怕的醜聞爆發開來，但他拒絕離開。

跟莎士比亞學創作

引爆點是查莉帶著叔叔給她的一枚綠寶石戒指——能證明他有罪的關鍵證物——去赴晚餐之約。查莉用直接露骨的方式威脅他叔叔。查莉並沒有發現她帶著綠寶石戒指過去的大膽行為將會害她喪命，一切都回不了頭了。

情感宣洩

　　情感宣洩並不容易定義，簡言之，這個專有名詞是用來描述戲劇尾聲時的情緒迸發，讓劇中角色和觀眾的情緒有個收尾。根據亞里斯多得（Aristotle）的說法：沒有它戲就不夠完整。

　　《李爾王》最後的臺詞達到了這種效果，他在暴風雨的夜晚被黎根和高娜麗爾趕走，李爾發瘋了，赤身裸體站在寒風中，他發覺最愛他的女兒考狄利婭死了，他對老天咆哮，悲憤激昂：「為什麼一條狗、一匹馬、一隻老鼠，都有牠們的生命，妳卻沒有一絲呼吸？」（*Why should a dog, a horse, a rat, have life, and thou no breath at all?*）李爾低落消沉，慢慢地輕撫她說：

> 你是永不回來的了，永不，
> 永不，永不，永不，永不！

　　　　　　　　　　　　　　　　　　　　〈第五幕第三場〉

> *Thou'lt come no more,*
> *Never, never, never, never, never!*

　　　　　　　　　　　　　　　　　　　　(Act 5, scene 3)

李爾一次又一次的地說「永不」，好像試著與自己對話，企圖面對現實。他破碎的心不斷響起重複的回聲，那一刻，他終於了解到所有的失去與過往，還有他此生失敗的原因，領會了崩潰的重量。完成最後這段獨白後，他猝死了。

這一幕對整個故事來說是極爲重要的，讓李爾認清自己身上發生了什麼事，還有一切的緣由。他的無能讓他痛失權力、領土和家庭。他最終面對自己的錯誤，增強了這個故事的悲劇性，因爲當他眞正清楚明晰的那一刻，也就是他死亡的那一刻。

電影《教父》（*The Godfather*，1972）三部曲或許可說是有史以來最成功的家族劇了，剛開始麥可（Michael，艾爾·帕西諾飾）是一位戰爭英雄也是大學生，帶他的女朋友凱（Kay）

《教父》（*The Godfather*, © 1972 Paramount, All rights reserved.）

跟莎士比亞學創作

參加妹妹的婚禮，當女友好奇他們怎麼會認識著名的婚禮歌手強尼・方丹（Johnny Fontaine）時，他坦承這是因為他父親用強硬的手段威脅強尼的樂隊指揮不能推掉這場婚禮演出，凱一聽嚇壞了，但麥可回應：「那是我父親，凱，不是我。」（*That's my family, Kay, not me.*）雖然麥可最初否認他將會介入家庭事業，但在電影演到一半的時候，麥可自願去謀殺兩人，為父報仇，到第一集劇終，他成了無情的殺手。《教父2》（*The Godfather：PartII*，1974）麥可已泥足深陷，謀殺自己的哥哥佛雷多（Fredo），他成了自己當初最不屑成為的那種人。

情感宣洩出現在《教父3》（*The Godfather：PartIII*，1990）的最後一刻，佛雷多的死讓麥可內疚自責，為了他自己也為了他的家庭，他試圖離開黑手黨去過正常、沒有暴力的生活。他極力想保護自己的孩子，特別是他的女兒瑪莉（Mary）。但是這一切對麥可來說太遲了。

「我正要金盆洗手，他們又逼我幹最後一票。」（*Just when I thought I was out, they pull me back in.*）麥可去做最後一場交易，在電影最後交易失敗。當麥可帶她女兒去歌劇院看他哥哥安東尼（Anthony）的演出，殺手潛入看臺，子彈飛過，麥可負傷，他極力保護，但女兒還是中槍了，麥可在極大的痛苦中拚命哭喊，女兒則死在他的懷裡。

電影最後麥可一個人坐在友人唐・湯瑪西諾（Don Tommasino）的西西里島莊園的後花園，如今他年事已高，所有他一生中最美好的影像在他闔眼前閃過：瑪麗、凱，和他的第一任妻子波

娜瑟拉，犯罪與暴力毀了他整個人生，包括真愛。麥可反省著他的罪行，一頭栽下，孤獨而終。跟李爾一樣，麥可只有在死亡之前的一瞬間清楚明晰，最後的洗滌領悟為麥可和觀眾帶來情緒的終止。

每一部家庭劇在最後都會有情感宣洩的一刻，它不一定是懺悔的情緒，但是它能讓你的角色結束那一刻，允許角色和觀眾體會到這個故事到底發生了什麼。

經典戲劇會緊緊抓住愛和家庭這個亙古不變的主題，因為這是觀眾關心的事物，他們讓我們感受到歡樂與痛苦，最後再讓觀眾重新思考許多生命中所追尋的事物。

---

❶ Thomas Horn（1997-），美國兒童演員，曾演出《心靈鑰匙》。

❷ 插敘（flash forward）：剪接技巧，以一個或一連串未來的鏡頭打斷現在進行的事。

❸ Teresa Wright（1918-2005），好萊塢40至50年代的知名女演員，曾獲奧斯卡影后，代表作有《洋基的驕傲》、《忠勇之家》等。

跟莎士比亞學創作

重點記憶

- 開場要能顯示這個家庭獨有的衝突,並且為每一幕、每一次爭吵做好準備。
- 劇情中安插「不可挽回」的轉折點,在家庭劇中加入戲劇性的改變或反轉。
- 在結束時給你的角色和觀眾洗滌淨化的時刻。
- 讓角色在終場時來個情緒宣洩,幫他和觀眾的情緒畫下句點。

參考電影

《辣手摧花》(*Shadow of a Doubt*,1943)
《教父》(*The Godfather*,1972)
《教父2》(*The Godfather：PartII*,1974)
《教父3》(*The Godfather：PartIII*,1990)
《心靈鑰匙》(*Extremely Loud & Incredibly Close*,2011)

練習

1. 用兩頁的篇幅創造一場激烈的家庭鬥爭,從你曾目睹過的事件或親身經歷發想,加油添醋一番,讓它更戲劇化。

2. 構思一個家庭祕辛(一些痛苦或糟糕的事),創造兩個角色:一個試著揭穿祕密,一個試圖掩飾它。為他們的故事寫一些臺詞,是要暴露這個祕辛,還是要將之隱藏?這個家會因此被毀掉嗎?

3. 並非每個家庭都是傳統的核心家庭,根據第二個練習,思考一個替換的版本,什麼是這個家族不可告人的祕密?誰試著揭露祕密,誰想要隱藏祕密?哪一個角色是危險的?

第

6

章

仲夏夜之夢
A Midsummer Night's Drema

好的喜劇至少要有一個意外、一個巧合，
以及一個諷刺的轉折

As luck would have it.

幸不幸由你。

《仲夏夜之夢》是一部集意外、巧合及反諷於一體的歡樂鬧劇，與莎士比亞其他戲劇的形式完全不一樣，這是部完全脫離現實的舞臺劇。

觀眾非但沒有不買單，而且這還是莎士比亞所有劇本中最常拿來演出的一部，像知名的皇家莎士比亞劇團永遠都把它排在演出表上，多年來應觀眾要求，一年到頭不斷地演出。

這部戲如何精確地呈現命中注定的種種意外、巧合，以及命運的翻轉？為什麼這些哏這麼有用？我們要怎麼把這種魔力轉換到大銀幕上？

意外

每天都會發生一些意外狀況，我們都曾經歷過，例如撿到手機、莫名其妙墜入情網、發生一件小事故⋯⋯諸如此類的事。但是每個故事中的意外事件都大相逕庭，這些意料之外的事情決定了劇情的走向和敘事方式。

故事中，這些意外帶來的樂趣並非直接來自意外本身，而是在於它怎麼影響故事中的每個人和每件事，或是它的「連鎖效應」（ripple effect）是什麼。如果你在故事中設計了一場意外，得讓觀眾清楚地明白這場意外對劇中角色和故事情節會造成什麼樣的影響。

《仲夏夜之夢》始於一個複雜的三角關係，狄米特律斯

跟莎士比亞學創作

（Demetrius）和拉山德（Lysander）都愛著赫米婭（Hermia），赫米婭愛拉山德，她最好的朋友海麗娜（Helena）愛上了狄米特律斯，這些複雜的關係讓你頭昏腦脹？等等，接下來的劇情才真的會讓你摸不著頭緒。

赫米婭和拉山德約好要在森林碰面，一起私奔，狄米特律斯得知這件事後，便跟蹤他們去森林，試圖阻止這一切，而海麗娜也跟著狄米特律斯進入森林，小仙王奧布朗（Oberon）的侍衛帕克（Puck）也在森林裡，他打算當他們熟睡時把愛情靈藥滴在這幾個人的眼裡，起來之後，他們就會愛上對的人，但是計畫卻不如預期，當大家醒來，兩個男人都愛上了海麗娜——赫米婭最好的朋友。

很簡單的一個意外，錯誤的藥水滴到錯誤的眼睛，當然，奧布朗立刻責罵帕克：「你到底做了什麼啊？」（*What hast thou done?*）並堅決要求帕克彌補錯誤。每個角色都像瘋子一樣在森林裡追趕另一個人，一再地迴圈、循環，帕克則一直幫倒忙。

滑稽的場景在這段劇本裡不斷出現，但那些歡樂的場景跟意外本身無關，而是跟意外所造成的影響有關，就像我們看到漣漪向外擴散一樣，一個接一個，每一個角色都碰巧遇上一個荒唐的處境。

《無為而治》（*Being There*，1979）就設計了這種連鎖反應。電影的第一幕，一位純樸的園丁錢思（Chance，彼得·塞

勒斯❶飾）意外被街上一輛敞篷大轎車撞上，車裡坐的是伊娃‧蘭德（Eve Rand），美國總統好友的妻子，於是錢思結束了他的園藝工作，轉替總統打理園藝事務，在給予總統園藝建議的同時，當中竟也蘊含許多治國的哲理。「植物是有成長季的。」（*Growth has it seasons.*）「富有洞察力的年輕朋友建議，我們迎接必然的季節替換，但我們擔憂經濟景氣循環。」（*I think what our insightful young friend is saying is that we welcome the inevitable seasons of nature, but we're upset by the seasons of our economy.*）

電影結束時，錢思取代蘭德成為總統最喜歡的智囊，為下一場選戰獻策。一個意外讓一個人的命運完全翻轉，成了世上最有影響力的男人，這真的很有趣。

陰錯陽差

許多作家認為在故事中製造巧合是個偷吃步，但不管怎樣，設計得宜的陰錯陽差就是能令人眼睛一亮，讓觀眾想到人生有許多難以預料的事件──不管是好事還是壞事。

「製造巧合」和「偷懶」只有一線之隔，「偷懶」就是輕易地合理化劇中的漏洞，而陰錯陽差的情節若安排得好，則能讓整個故事更加分。

《仲夏夜之夢》一再發生陰錯陽差的事情，例如帕克帶著愛情靈藥跌跌撞撞地跑到森林中亂點鴛鴦譜，小精靈的國王

與皇后奧布朗與提泰妮婭（Titania）在那個夜晚也為了權力交鋒，與那四位在森林中迷路的戀人一起。兩組戰鬥的人馬——一組為了愛，另外一對則是為了權力——就剛好在森林的同一處上演著各自的戲碼。

但對莎士比亞來說那還不夠，他還進一步安排一組業餘演員穿過森林演他們的戲。他並沒有草草讓情節走完，而是讓每一個看似巧合的劇情成為故事的核心，要是提泰妮婭沒有愛上變成驢頭的波頓（Bottom），這齣戲會如何發展？戀人、演員和精靈，這三組情節交織纏繞、難分難解，形成了這個充滿命運抉擇的夜晚。

《當哈利遇上莎莉》（*When Harry Met Sally*，1989）是一部充滿巧合的電影，每次哈利碰到莎莉都是巧合，故事一開始是哈利（Harry，比利·克里斯托❷ 飾）要搭車去紐約，莎莉（Sally，梅格·萊恩❸ 飾）剛好跟他是一路，他們在紐約分道揚鑣，再見已是五年後，那次兩人恰巧要搭同一班飛機，分道揚鑣後再度偶然相遇又是五年後，然後他們成了朋友。

中間穿插了一段紀錄片式的老年夫婦訪談，談他們如何相遇。這對夫婦在同一天、同一家醫院出生，高中時分開，幾年後在街上偶然相遇時，兩人都已離婚，在有婚姻關係時曾經在一次喪禮上偶然相遇。

巧合不只是核心模式，在電影裡它是獨一無二的主題：愛是一種緣分，電影告訴我們是哪一點讓愛變得如此特別。

反諷

每一個好的喜劇都要有反諷，反諷帶來事件以及深層含義，為角色和觀眾上一課，就像意外和巧合一般，有反諷的橋段才稱得上是好的喜劇。

《仲夏夜之夢》第一場戲就是赫米婭的父親伊吉斯（Egeus）要她嫁給狄米特律斯，但赫米婭卻想嫁給拉山德。當然，狄米特律斯是愛著赫米婭的，這點強化了她父親的意志，但真正的原因是雅典的律法規定，他父親有權將赫米婭嫁給他屬意的人選。這當然是奇怪的喜劇開頭，哪一種法律會授予父親這樣的權利？哪有父親會決定使用它？

反諷的劇碼被安排在森林裡發生，狄米特律斯跟其他人一樣也被點了愛情的靈藥，但不像其他人，他並沒有被影響到──他是唯一一個直到劇終都還懵懵懂懂的角色。諷刺的是啟動這一切麻煩混亂的是愚蠢地愛上他不喜歡的人，森林中混亂的夜與不可捉摸的意外和巧合，始終產生著影響。

結果是伊吉斯答應赫米婭嫁給拉山德，雅典大公忒修斯（Theseus）廢除了過時的律法，狄米特律斯神奇地改愛上海麗娜，戲一開始的所有錯誤現在都對了。

《婚禮終結者》（*Wedding Crashers*，2005），就是一部以反諷形式開始的電影，約翰（John，歐文·威爾森❹飾）和傑瑞米（Jeremy，文斯·范恩❺飾）極力避免讓自己墜入愛河，他們

跟莎士比亞學創作

狼狽爲奸，在婚禮上騙吃騙喝，到處找女人睡，但他們從來不想，也不認爲自己會和別人墜入愛河，然而他們最不想發生的事卻發生了。

在克里瑞（Cleary）的婚禮上，約翰爲了克萊兒（Claire）神魂顛倒，傑瑞米與她的雙胞胎妹妹葛蘿莉亞（Gloria）互表衷情。約翰在傑瑞米和葛蘿莉亞的婚禮上崩潰了，這時他反倒沒有找女人睡，因爲約翰眞的愛上了婚禮的賓客克萊兒。

這一幕與電影一開始的初衷完全相反，約翰完全承認自己的錯誤，他欺騙了克萊兒，諷刺的是那場騙局最終卻導向皆大歡喜的結局：約翰找到眞愛，傑瑞米遇見他的另一半，克萊兒發現對男友薩克（Sack）眞實的感覺，最後一幕是四個人——約翰、傑瑞米、克萊兒、葛蘿莉亞，開車駛向夕陽落日，離開他們的婚禮現場。

《婚禮終結者》（*Wedding Crashers*, ）

第 6 章　仲夏夜之夢

❶ Peter Sellers（1925-1980），英國男演員，以《粉紅豹》一片聞名。

❷ Billy Crystal（1948-），金球獎提名、艾美獎獲獎的美國演員、劇作家、電影監製和導演，代表作包括《當哈利遇上莎莉》和《城市鄉巴佬》。

❸ Meg Ryan（1961-），美國電影女演員，擅長演浪漫愛情喜劇，作品有《當哈利碰上莎莉》、《電子情書》、《西雅圖夜未眠》等。

❹ Owen Wilson（1968-），美國男演員和編劇，曾以電影《天才一族》的劇本入圍奧斯卡最佳原創劇本獎。知名喜劇演出作品有《名模大間諜》、《婚禮終結者》等。

❺ Vince Vaughn（1968-），美國電影演員、劇作家、製作人、喜劇演員和社會活動家。演出過《同床異夢》、《實習大叔》等知名喜劇。

跟莎士比亞學創作

記憶重點

- 陰錯陽差的劇碼應該對故事的情節推進和敘事方式有所貢獻。
- 意外帶來的樂趣才是重點,而非意外本身,看看這個意外如何影響每個人、每件事,它的「連鎖效應」是什麼。
- 寫得好的巧合能夠深植觀眾心靈——人生總是充滿無法預料的事情,無論是好是壞。
- 「製造巧合」和「偷懶」只有一線之隔,「偷懶」就是輕易地合理化劇中的漏洞,而陰錯陽差的情節若安排得好,則能讓整個故事更加分。
- 反諷為角色和觀眾帶來事件情節與深沉的意義,能在劇終學到一課。

參考電影

《無為而治》(*Being There*,1979)
《當哈利遇上莎莉》(*When Harry Met Sally*,1989)
《婚禮終結者》(*Wedding Crashers*,2005)

練習

1. 思考你生命中的意外事件,現在想像你的人生因為一連串的意外事件而改變(不管是正面積極的還是消極被動的),快速地寫一頁故事大綱,追蹤它的連鎖反應,意外事件在什麼地方扮演引導命運的角色?

2. 安排一對互相不喜歡卻必須一起搭檔贏得比賽的人,像是大胃王吃派比賽,構思一下他們把他們湊在一起的意外或巧合,他們在什麼地方、用什麼方式遇見彼此?他們是朋友還是敵人?這齣戲的結尾會發生什麼事?

3. 想一下你最喜歡的喜劇,裡面有什麼意外、巧合或反諷,它們吸引你的點在哪裡?

馴悍記

The Taming of the Shrew

哦，沒人想要看快樂的伴侶

The course of true love never did run smooth.

真愛從來無坦途。

《馴悍記》被大部分人看作是一部傳統的愛情劇，跟《羅密歐與茱麗葉》的可愛抒情相去甚遠，這部一點都不羅曼蒂克的戲，講述一位頑固的鄉下人彼特魯喬（Petruchio）如何征服凱特（Kate，Katarina的縮寫）這位粗魯性急的女人的芳心。這種老套的劇情怎麼會變成西方文化中最受歡迎的浪漫愛情劇碼？

　　這齣戲包含一場古老的戰役——兩性之戰。直至今日，這場戰役仍未止歇，也許之後還會繼續下去，因為這是個普遍存在的議題，點出我們的對性和權力的渴求，同時也是好萊塢最愛發揮的主題。是什麼造成彼特魯喬和凱特交鋒的緊張感？它浪漫的地方在哪裡？我們在創作劇本時要怎麼抓住那種激情？

摩擦

　　假如你要挑起兩性的戰爭，一開始就得製造一些衝突，而衝突必須從角色而來，給角色絕對的對立觀點造成摩擦，這就是愛情火花的元素。

　　沒有哪兩個角色會比凱特和彼特魯喬對立的狀況更嚴重。女方冷酷加壞心眼，而且待人尖酸刻薄；男的則傲慢自大又粗魯野蠻。兩人打從一開始見面就不斷唇槍舌戰、針鋒相對。聽起來很不浪漫，然而事實並非如此。這一幕反而充滿力量：

　　凱特：如果我是黃蜂，那麼留心我的刺吧。

彼特魯喬：那我就把妳的刺拔掉。

　　凱特：你知道刺在什麼地方嗎？

彼特魯喬：誰不知道黃蜂的刺是在什麼地方？在尾巴上。

　　凱特：在舌頭上。

彼特魯喬：在誰的舌頭上？

　　凱特：你的，因為你話裏帶刺。好吧，再會。

彼特魯喬：怎麼，把我的舌頭帶在你尾巴上嗎？

　　　　　別走，好凱特，我是個冠冕堂皇的紳士。

　　凱特：我倒要看看是真是假。（打彼特魯喬。）

〈第二幕第一場〉

Kate: *If I be waspish, best beware my sting.*

Petruchio: *My remedy is then to pluck it out.*

Kate: *Ay, if the fool could find it where it lies.*

Petruchio: *Who knows not where a wasp does wear his
　　　　　sting? In his tail.*

Kate: *In his tongue.*

Petruchio: *Whose tongue?*

Kate: *Yours, if you talk of tails: and so farewell.*

Petruchio: *What, my tongue in your tail? Nay, come again,
　　　　　Good Kate; I am a gentleman.*

Kate: *That I'll try.*

(She strikes him.)

(Act 2, scene 1)

　　就像一開始凱特有關「尾巴」（tail）的對話，就是微妙的性暗示，這一幕你來我往說得很快，臺詞短促又有爆發力，就像

性愛的模式一樣。觀眾從他們脫口而出的每一個字，充分感受到兩人之間那種情慾上的化學作用。

這一幕簡直極盡挑逗之能事，而且重點是這兩個角色有很大的分歧，兩人的分歧替這個浪漫故事的結尾打開了一條路，觀眾都知道他們最後會在一起。

《星際大戰五部曲：帝國大反擊》(*The Empire Strikes Back*，1980) 在分類上不能說是浪漫喜劇，但卻把浪漫電影的元素發揮得淋漓盡致：莉亞公主 (Princess Leia，嘉莉‧費雪❶飾) 和韓‧索洛 (Han solo，哈里遜‧福特❷飾)，兩人的相處就像《馴悍記》中的男女主角一樣，對話中充滿了活潑可愛的鬥嘴和調情。在一場最經典的場景中，就在莉亞問他會待多久時，韓假裝抱怨莉亞對他放電，莉亞當然矢口否認：

莉亞：那是你在幻想。
　韓：是嗎？那妳為什麼一直跟著我？是怕我離開時沒跟妳吻別？
莉亞：我寧可吻一個武技族。
　韓：我可以幫妳安排，讓妳好好展現妳的吻功。

這是令人臉紅心跳的一幕，因為我們都知道這不是韓在自作多情，而且我們也知道他倆接下來會來場過癮的深吻，韓在這場戲中與莉亞吻得難分難捨，不過他們接下來的對話更是大膽：
　（船出乎意料地晃動，莉亞無意中摔到韓‧索洛的懷裡）
　莉亞：走吧，拜託。

韓：（傾聽狀）噓！

莉亞：走吧！

韓：不要這麼激動。

莉亞：艦長，被你抱著我都快興奮起來了。

韓：抱歉，甜心，我們沒時間了。

就如同凱特與彼特魯喬兩人的唇槍舌戰，韓和莉亞的機智對答簡短有力且充滿暗示，兩人熱情的肢體接觸和言語交鋒，也產生了微妙且魅人的化學作用，讓觀眾看得血脈賁張。

《星際大戰五部曲：帝國大反擊》（*The Empire Strikes Back*, © 1980 20th century Fox, All rights reserved.）

樂趣和打情罵俏

浪漫電影的第二個階段是要讓觀眾看到當中的趣味和打情罵俏，當兩個角色對彼此都還沒萌生愛意時（或就算有，但當

95

事人還沒感覺到），他們已經在做一些戀人間會做的事了。

凱特和彼特魯喬在第四幕的時候開始開彼此玩笑，在凱特父親的房子一角，彼特魯喬與她你來我往地鬥嘴。他辯稱太陽就是月亮，凱特立刻迎合他說那就是月亮，然後他又隨即改口說那是太陽。

如果說被捲入的僕人感到很困惑，那麼中途被拉進來討論的那個老男人才更是一頭霧水。彼特魯喬問凱特：「你可曾看過一個比她更嬌美的淑女？」（*Hast thou beheld a fresher gentlewoman?*）凱特馬上回答同意聲稱老男人「年輕嬌美的姑娘」（Young budding virgin, fair and fresh.）他們一起嘲弄老男人，就像他們一開始認識時那樣，只有這種場景才能製造出甜蜜與歡樂的氣氛。

打情罵俏是浪漫劇的基本架構，《大藝術家》（*The Artist*，2011）始於演員喬治·華倫天（George Valentin，尚·杜賈丹❸飾）在柏比·米拉（Peppy Miller，貝芮妮絲·貝喬❹飾）最新的電影的首映典禮上，遇見扮演天真的姑娘的女演員。第二天，喬治和芭比在片場再次偶遇，但他們自己卻渾然不知。喬治看到幕後露出兩條可愛的腿，他也開始跳舞，他們在沒看到彼此臉的狀況下共舞，當屏幕上拉，他們的眼神對彼此流露出欽佩之情，根本就是天造地設的一對。

這是令人愉快的一幕，兩個角色間完美羅曼史的設定，喬治和芭比在電影尾聲終於在一起了，但羅曼史需要歡樂和打情罵

跟莎士比亞學創作

《大藝術家》（*The Artist*, © 2011 sony, All rights reserved.）

俏的戲碼，這樣才會讓兩人的感情增溫，沒有經過這一段，他們的愛情對觀眾來說就不具說服力。

修成正果

每一部浪漫戲劇的終極目標都是要讓男女主角修成正果，觀眾想要看到兩個角色結合的場景，不管是用明示還是暗示的手法。

《馴悍記》最後的臺詞顯示出凱特和比特魯橋眞的在一起

了。爲了證明凱特的改變，彼特魯喬提議其他新郎來打個賭，三個人同時呼喚自己的妻子，誰的妻子第一個出來就可贏得賭金。當然，每個人都認爲第一個回答的會是溫柔可愛的比恩卡（Bianca，凱特的妹妹），但第一個迅速出來回應彼特魯喬的卻是凱特。

此外，凱特開始喋喋不休地解釋愛和順服的本質，用這兩樣來衡量她順服和情感的表徵。結束時，彼特魯喬把她拉進懷裡並說出這部作品最著名的臺詞：「來吧，吻我，凱特!」（*Come on and kiss me, Kate!*）他們的言語爭鋒結束，彼特魯喬拉著她的手把她帶上床。

羅曼史最常見的收尾就是親吻的畫面了。《育嬰奇譚》（*Bringing Up Baby*，1938）裡最後一幕就是女主角蘇珊（Susan，凱撒琳·赫本❺飾）把男主角大衛（David，卡萊·葛倫❻飾）好不容易拼好的雷龍模型從高高的梯子上推倒，她站在梯子上不斷攻擊他的問題，企圖榨出愛的告白——就在她推倒雷龍之前。最後的對白並沒有說得很直接：

蘇珊：哦，大衛，你能原諒我嗎？
大衛：我……我……我……
蘇珊：你能!你仍然愛我。
大衛：蘇珊，那……那……
蘇珊：你可以，哦，大衛。
大衛：哦，親愛的。哦，天哪。

他們最後投向彼此的懷抱然後接吻。就算沒有明說，觀眾也看得出來他愛著蘇珊，愛情戲的觀眾無論如何都要得到一個結論，編劇一開始的工作就是，用最適當的方式勾起觀眾的渴望，讓大家都期待看到這段戀情能夠開花結果。

---

❶ Carrie Fisher（1956-），美國女演員、小說家、劇作家、表演藝術家，最出名的演出是在《星際大戰》中飾演莉亞公主。

❷ Harrison Ford（1942-），美國男演員，著名作品有《星際大戰》、《空軍一號》、《絕命追殺令》等。

❸ Jean Dujardin（1972-），法國喜劇演員，憑黑白默片《大藝術家》榮獲坎城影展最佳男演員和奧斯卡最佳男演員。

❹ Bérénice Bejo（1976-），出生於阿根廷的法國女演員，知名電影作品有《騎士風雲錄》、《大藝術家》和《咎愛》。

❺ Katharine Hepburn（1907-2003），美國國寶級女演員，曾四度獲奧斯卡獎。

❻ Cary Grant（1904-1986），美國電影演員，美國電影學會的AFI百年百大明星排名中將他列為男影星第二名。

記憶重點

- 讓男女主角在一開始時水火不容,這是製造浪漫火花的主要元素。
- 浪漫劇需要趣味和打情罵俏的環節,讓兩人的感情增溫,沒有經過這一段,他們的愛情對觀眾來說就不具說服力。
- 確定你的愛情戲最終修成正果,不管是給予觀眾一線希望,還是用接吻或承諾的橋段來呈現。

參考電影

《育嬰奇譚》(*Bringing Up Baby*,1938)

《星際大戰五部曲:帝國大反擊》(*The Empire Strikes Back*,1980)

《大藝術家》(*The Artist*,2011)

練習

1. 任何人在愛情關係裡都有「地雷」(deal-breakers),也就是你最不能忍受另一半有些什麼特點。寫一個你最不能接受的條件,創造出那樣的角色——一個與你對立的人。那個角色像誰?長什麼樣子?你們會有什麼磨擦?想像一下劇本要怎樣勾起兩人間的火花。

2. 用兩頁的篇幅快速寫下你和這個角色初次見面的場景。你想像中的角色做了什麼瘋狂事?你在哪裡?做了什麼?畫面如何開始,如何結束?

3. 回想一下你最喜歡的浪漫喜劇,當中的男女主角是誰?他們的個人特質是什麼?兩人極度不合的地方在哪裡?在你看來,這部電影成功的浪漫元素是什麼?

亨利五世

Henry V

有缺陷的英雄才值得我們關注

Some have greatness thrust upon 'em.

有些人是不得不偉大。

《亨利五世》是莎士比亞最受矚目的英雄故事，描述一名年輕國王率領一群英格蘭烏合之眾，戰勝龐大的法蘭西軍隊。

這位英雄人很有群眾魅力、勇敢且戰無不勝。故事最有趣的地方在於主角有嚴重的缺點，這非但沒有削減觀眾對亨利的愛，反而還激發出觀眾的同理心。每個英雄都有弱點，這些缺陷會給英雄帶來痛苦，卻也能讓觀眾反射到自身的狀況，最重要的是，美中不足的設定會讓劇情更加戲劇化。讓角色接受一些考驗，當英雄最後戰勝缺陷時，劇情也來到了高潮，觀眾會在英雄身上看到自己的影子，並為英雄的努力喝采。

亨利五世的缺點是什麼？他是怎麼克服它的？我們要如何打造出一個像這樣的英雄？

往事如影隨形

亨利五世這位國王有著不堪回首的過去，當他父親殘忍地殺害理查二世並取得王位時，年輕的亨利正忙著在低級酒吧裡飲酒作樂、玩女人。他身邊的好友都是小偷、盜匪和酒鬼一類的角色——這些還算是好的。被問到亨利究竟會變成明君還是昏君，坎特伯里（Canterbury）大主教會說：「看他年輕時的荒唐勁，誰能想得到啊。」（*The course of his youth promised it not.*）亨利五世是個幼稚魯莽的阿斗，任誰都料想不到他會成為一位偉大的統治者。

一開始大家都這麼想。到了劇末時我們才知道他成為了一

跟莎士比亞學創作

位偉大的國王。這當中發生了什麼改變？這個開頭方式有什麼意義？

讓劇中英雄有個卑劣骯髒的過去，讓他經歷一場蛻變。英雄剛開始都會被自己的過往牽絆，到了最後卻可以面對過去，證明自己有所成長，這是簡單但卻強而有力的劇情公式。

亨利五世要面對的過去是在第三幕快結束時的一場大戰——阿金庫爾戰役，從一位官員畢斯托爾（Pistol）的旁白娓娓道來。亨利在酒吧認識的老友巴道夫（Bardolph）在教堂偷竊被抓，畢斯托爾懇求亨利對巴道夫網開一面。亨利並沒有慈悲為懷，儘管淚流滿面，亨利還是判處巴道夫死刑，懷抱愚蠢年少情懷的亨利，此時已蛻變為成熟的、能夠秉持正義審判的國王。

一如亨利五世，東尼‧史塔克（Tony Stark，小勞勃道尼 ❶ 飾）在《鋼鐵人》（*Iron Man*，2008）中也是個有過去的男人。電影一開始東尼是個愛酗酒的情場老手，史塔克工業的總裁，對製造危險武器完全無感且習以為常。在一開始的場景，我們看到他啜一口波龐威士忌，就像他漠不關心卻開發可怕的殺人機器耶利戈（Jericho）一樣，他和他經營的軍事工業聯合企業，全都錯得離譜。

直到東尼被綁票時，事情才有了轉變，諷刺的是他在意外中被自己的武器殺傷。最後，東尼把危險的武器拿出來，在最終幕摧毀了自己的武器工業，在炙熱的焰火迸發時，他的過去也隨之消殞，變成一位英雄。

化膿的傷口

讓你的主角負傷，不管是生理或心理上的創傷。讓他們無法
勝出，創造更棘手的挑戰。在他們變成真正的英雄之前，他們
必須找到自我療癒的路。

《鋼鐵人》(*Iron Man*, © 2008 Paramount, All rights reserved.)

亨利五世最初幾個場景接受了自己的痛處，他的顧問大臣替
他蒐集到的資料，讓他決定直接登陸與法蘭西開戰，亨利的
主張得到支持，法蘭西國王送他一件「珍寶」，亨利打開一看，
發現既不是黃金也不是珠寶，而是網球，上頭還附上一張嘲弄
的紙條，說那網球跟他的「鬥志」一樣大，這完全不像是場戰
爭。

法蘭西知道亨利不堪的過去，他們當然不會把這場戰爭放
在眼裡。但這種差辱，不只讓亨利，也讓全英格蘭顏面盡失。

跟莎士比亞學創作

亨利下定決心用這場血戰來雪恥。

他辦到了。亨利和他鬥志旺盛的三百戰士在阿金庫爾戰役殺了一萬個法蘭西人，而他們在這場戰役中只失去了二十五位英格蘭人，證明了他不是個扶不起的阿斗。流血大屠殺後，法蘭西只能承認亨利五世的力量不容小覷，另外，他們必須回頭處理一開始時的惡意傷害，最後的臺詞是法蘭西皇太子的心聲：

天要塌啦，要塌啦！責難和洗不了的恥辱，
從此再不放過我們。

〈第四幕第五場〉

All is confounded, all!
Reproach and everlasting shame
Sits mocking in our plumes.

(Act 4, scene 5)

法蘭西皇太子用網球來嘲笑亨利，現在這個「永久的恥辱」會永遠跟著他，而亨利成了一則傳奇。

一如亨利五世，獨行俠（Maverick，湯姆·克魯斯❷飾）在《捍衛戰士》（*Top Gun*，1986）有個不顧後果、行為放蕩的名聲，也像亨利五世，獨行俠是個負傷的英雄，整場電影都一直看到父親的死在獨行俠的心理縈繞不去。「這是你之所以這樣飛的原因嗎？試著證明一些事？」（Is that why you fly the way you do? Trying to prove something?）毒蛇（Viper）問獨行俠。

但這還不是最糟的。在最谷底時，獨行俠的飛機失靈了，害死了他最好的朋友呆頭鵝（Goose）。

獨行俠的飛機在空中與敵人纏鬥時，電影邁入了高潮，他要與父親和失去呆頭鵝的痛苦陰影搏鬥，獨行俠必須找到超越恐懼的方法。電影最後一幕，獨行俠晃了晃呆頭鵝的狗項圈，然後把它丟進海裡。這一幕證明了他已從傷中痊癒，成為一位真正的英雄。

《捍衛戰士》（*Top Gun*, © 1986 Paramount, All rights reserved.）

涉世未深，經驗不足

亨利五世不但要面對不堪的過往，也毫無治國和指揮作戰的經驗。他從來沒打過仗，更別說是要打勝仗了。他是那種標準沒受過考驗的英雄。

要打造這種未經世事的英雄角色，有兩個要點要注意：首先，他最後一關的挑戰難度要提高，其次，必須讓這個英雄去證明些什麼。這兩個元素必須在劇中最高潮、最後成功時合而為一。

亨利五世確實成功了，在高潮時，亨利和他三百名又餓又累的英格蘭戰士，要面對龐大且訓練有素、精神抖擻的法蘭西駐軍，法蘭西完全占上風，但亨利並不放棄，當他堂哥威斯摩蘭（Westermerland）伯爵說還有更多英格蘭人可投入這場戰役時，他發表了一段著名的演說：

> 要是我們注定死在戰場，
> 我們替國家帶來的損失也夠大了。
> 要是我們能生還，剩下的人愈少，光榮就愈大。
> 上帝的意旨！我求你別希望再添一人。
> 那些親眼目睹今天的人，那些能活到白鬢之年的人，
> 他們會每年在這個時候款待他們的鄰居親人，
> 並且大聲地說出明天，是聖克里斯賓的節日！
> 然後他會脫下他的袖子，
> 向眾人驕傲地展示他的傷疤並且說：
> 這些，就是我在聖克里斯賓之日所得到的！
> 往事總會被遺忘，
> 一切事物總會被遺忘，
> 然而他依然會記得！
> 在那一天他立下的功績！
> 還有我們的名字，

在他的嘴中經久流傳。

If we are mark'd to die, we are enough
To do our country loss; and if to live,
The fewer men, the greater share of honor.
...This story shall the good man teach his son;
And Crispin Crispian shall ne'er go by,
From this day to the ending of the world,
But we in it shall be remember'd;
We few, we happy few, we band of brothers;
For he today that sheds his blood with me
Shall be my brother; be he ne'er so vile,
This day shall gentle his condition;
And gentlemen in England now a-bed
Shall think themselves accursed they were not here,
And hold their manhoods cheap while any speaks
That fought with us upon Saint Crispin's day.

(Act 4, scene 3)

　　他是故意說這些話來嚇唬敵人的。「人愈少，贏了就愈光榮。」（*The fewer men, the greater share of honor.*）他很「高興」士兵很少。這番言論運用了令人意想不到且聰明的話術。

　　當然亨利五世不只是話術了得而已，亨利和他的英格蘭戰士們為了打勝仗窮盡了一切。亨利證明他不只是一位好戰士和好領袖，而且還是一位能夠克服過去傷痛的英雄，成為一位

英格蘭家喻戶曉的偉人。

克麗絲·史達林（Clarice Starling，茱蒂·佛斯特❸飾）在《沉默的羔羊》（*The Silence of the Lambs*，1991）中，一開始也是這種角色。克麗絲在FBI調查局就像個菜鳥，她從來沒單獨辦案過，她剛開始加入水牛比爾（Buffalo Bill）連續殺人案的任務時，還是一個不成熟的幹員。隨著電影的情節逐步展開，克麗絲從窮凶惡極的惡人漢尼拔·萊克特（Hannibal Lecter，安東尼·霍普金斯❹飾）身上學到速成的犯罪心理學，到電影結束時，她證明了自己能和萊克特平起平坐解決問題，拯救受害者並把殺人犯緝捕歸案。故事結束的地方就設在一開始的場景：最後一幕在FBI的頒獎典禮上，這一幕象徵她的蛻變。

跟亨利五世一樣，克麗絲克服她經驗不足的弱點，電影結束時，她得到的不只是勳章，還贏得了英雄的美名。

---

❶ Robert Downey, Jr.（1965-），猶太裔美國演員兼歌手，代表作品有《吻兩下打兩槍》、《索命黃道帶》、《鋼鐵人》以及《福爾摩斯》。

❷ Tom Cruise（1962-），美國男演員及電影製片人。著名作品有《雨人》、《征服情海》、《不可能的任務》。

❸ Jodie Foster（1962-），童星出身的美國著名電影女演員兼導演，作品有《沉默的羔羊》、《戰慄空間》等。

❹ Anthony Hopkins（1937-），美國著名實力派男演員，以《沉默的羔羊》一片獲得奧斯卡最佳男主角獎。

記憶重點

- 幫劇中英雄設計一些缺陷，勾起觀眾的同理心，讓人物更真實。
- 這些缺陷可以增加戲劇性，也給角色帶來挑戰。
- 幫英雄設計一些心理創傷或不堪的過去，在最後讓他們得到成長和改變。
- 在結束時，英雄必須掙脫那些缺陷、傷口和過往。

參考電影

《捍衛戰士》（*Top Gun*，1986）
《沉默的羔羊》（*The Silence of the Lambs*，1991）
《鋼鐵人》（*Iron Man*，2008）

練習

1. 回想你最喜愛的一部電影，裡面那位英雄的強項是什麼？什麼是他的缺點？如何讓缺點引領進入最後的高潮戰役。

2. 假如你正在寫劇本，列出你的英雄的特質，你的英雄有缺點、有心理上的傷口，或不堪的過去？在劇終時你的英雄如何超越？

3. 選擇缺點和設定角色被缺點困住，你的角色在想什麼？他的缺點是什麼？他如何挑戰缺點？在劇終時如何超越並面對？

跟莎士比亞學創作

凱撒大帝
Julius Caesar

歷史證明創意其實沒那麼重要

An honest tale speeds best.

真實的故事最容易傳播。

大部分人都會認為創造力是說故事最重要的元素，我們會花好幾個小時努力擠出一些新奇有趣的結局轉折，希望帶給觀眾耳目一新的感覺。但《凱撒大帝》並不是什麼特別有創意的故事，這齣戲基本上是把耳熟能詳的歷史事件——羅馬皇帝的謀殺案擺上舞臺。然而它卻是莎士比亞最歷久不衰且廣受歡迎的文本，為什麼？

好萊塢的歷史劇總是廣受歡迎，例如《鐵達尼號》就是史上票房最高的歷史事件改編電影之一。這類歷史事件改拍的電影總是能吸引廣大的票房，再再證明人們都喜歡看他們已知事件的背後有些什麼不為人知的祕辛。

向觀眾揭密

歷史人物就等同於過去的名人。就像觀眾都會想要知道當代名流的八卦和私生活一樣，他們也會想要知道歷史人物的八卦。

《凱撒大帝》中最重要的事件就是凱撒的謀殺案了。不過當中有牽涉到哪些人？他們為什麼要這麼做？為什麼要背叛這樣的一個偉人？莎士比亞的劇本不只著重在這場謀殺案的犯案細節和動機，他同時也讓血腥的死亡場景富有娛樂性。此外，觀眾還能一窺凱撒與他的妻子凱爾佛妮婭（Calpurnia），以及和好友馬克·安東尼（Marc Antony）私密、溫柔的互動場面。這就是觀眾想看到的幕後八卦，而觀眾的確在這部戲中看到了。

《我倆沒有明天》(*Bonnie and Clyde*，1967) 是有關兩個盜匪的真人真事，電影一播出，當中有關性與暴力的場景立刻造成轟動。當邦妮 (Bonnie，費·唐娜薇❶飾) 想要碰他時，克萊德 (Clyde，華倫·比提❷飾) 立刻把槍放在他的雙腿間，那一幕讓劇情愈來愈下流。事實上，這對鴛鴦大盜將性與暴力深刻地展現出來，造成強烈的文化衝擊，心理學家甚至還用他們的名字來命名疾病——「迷戀邦妮和克萊德症」(Bonnie and Clyde Syndrome) 或「美女與野獸綜合症」(Hybristophilia)❸。

電影讓這兩個高危險人物擁有令人驚心動魄的私生活，觀眾之所以喜愛這類電影，不是想要知道他們早就知道的事，而是當中那些不為人知的祕辛，那些情慾、神祕又下流的細節。

給觀眾一個英雄

真實的英雄故事向來都能取悅觀眾，不管場景是設在現代還是遙遠的過去，真實事件與英勇事蹟的有力結合，不斷創造出非凡的故事。

《凱撒大帝》帶給觀眾一個典型的英雄：凱撒充滿活力又謙遜，能夠明智的知道凱歇斯 (Cassius) 並非他的盟友，於是對他虛與委蛇。但我們也知道他已身陷險境，在戲中一開始，預言家就作出有關三月的愛德斯日 (Ides)❹的警告。說完這些臺詞後，凱歇斯就和他的同夥們開始策畫謀殺凱撒。

第三幕一連串緊急事件完結後，凱撒悽慘地死去。這場謀

殺令人不寒而慄：在陰森沉重的氣氛下，反叛者一個接一個走近刺傷他，這段情節推演出以下這句著名的臺詞，凱撒對他的心腹元老布魯塔斯（Brutus）說：「連你也背叛了我嗎？布魯塔斯？」

在第三幕完成了血腥謀殺的大場景，我們失去了這位莎士比亞筆下的英雄，但故事並沒有到此結束，莎士比亞再次讓一個新英雄出場：馬克·安東尼。在頌詞中，馬克·安東尼發表了他著名的演說：「各位朋友，各位羅馬人，各位同胞，請你們聽我說」（*Friends, Romans, Countrymen, lend me your ears.*）。他的演說鼓舞了群眾，讓反叛者最後終於自食惡果。莎士比亞苦心地描繪安東尼成為新的英雄，這已無關史實真相或是讓戲收尾了，而是給觀眾他們所期待的英雄。

觀眾在看這部戲前都知道凱撒會死，然而這齣戲成功的關鍵即是凱撒和安東尼的英雄行為，觀眾需要與凱撒有更深的連結，在他死去的時候才會充分地感到悲痛。而看到安東尼為凱撒哀悼後奮起，觀眾的情緒也隨著他起伏。

當然，不是每個歷史事件都會讓英雄一了百了地退場，有些關乎歷史的情節甚至是杜撰的，觀眾總是會需要一些讓他們掛念的角色。比方說，詹姆斯·卡麥容的《鐵達尼號》用蘿絲與傑克這對虛構的伴侶激發觀眾的同理心，沒有純粹的英雄，引人入勝。觀眾衷心希望傑克與蘿絲兩人都能獲救，雖然我們都知道這個事件的存活者幾乎沒幾人。他們在悲劇中的悲壯情懷會給故事帶來不可思議的魔力。

跟莎士比亞學創作

創造史詩

觀眾想要感受他們看的這位歷史人物是否真的那麼有影響力。創造一個大氣磅礴的歷史故事，打造豐富的場景，將會讓你的故事更有分量與渲染力。

尤其是《凱撒大帝》，凱撒遇害後，群眾一股腦地湧入羅馬街頭，情勢一觸即發，眼看就要演變成一場戰爭。觀眾看到這樣的場景，內心會非常激動，情緒也從羅馬過渡到戰場上，等著看安東尼和布魯塔斯帶領的軍隊到底誰勝誰敗。

伴隨武力衝突，敵人接踵而至，這是個扣人心弦的結束，以及羅馬共和國（Roman Republic）最終淪亡的信號，凱撒的死亡改變了歷史。簡言之，這是個重要的歷史事件。

歷史長河中的史詩電影通常都會聚焦在歷史人物上，《十誡》（*The Ten Commandments*，1956）、《阿拉伯的勞倫斯》（*Lawrence of Arabia*，1962）、《埃及豔后》（*Cleopatra*，1963）、《甘地》（*Gandhi*，1982）、《梅爾吉勃遜之英雄本色》（*Brave heart*，1995），以及《伊莉莎白》（*Elizabeth*，1998），這些只是一小部分而已。

《300壯士：斯巴達的逆襲》（*300*，2006）的焦點是虛構一段溫泉關戰役（Battle of Thermopylae），列奧尼達一世（Leonidas，傑拉德‧巴特勒❺飾）和他的忠誠的斯巴達（Spartan）士兵被迫去對抗他們國家強大的波斯（Persian）

軍隊，他們史詩般的戰鬥和一個翻轉斯巴達進入國土的傳奇性人數和勇氣，《凱撒大帝》和《300壯士：斯巴達的逆襲》都展現出，一個響噹噹的英雄人物如何能夠締造永恆不朽的傳奇，這兩部戲劇讓我們一窺怎樣把歷史事件透過戲劇的方式化為傳奇。

《300壯士：斯巴達的逆襲》（*300*, © 2006 Warner Bros., All rights reserved.）

---

❶ Faye Dunaway（1941-），美國知名電影女演員，代表作有《我倆沒有明天》、《唐人街》。

❷ Warren Beatty（1941-），美國演員、導演、編劇和製片人，曾獲奧斯卡獎和金球獎。代表作有《我倆沒有明天》、《上錯天堂投錯胎》。

❸ 在醫學上，指女孩痴迷罪犯，由此獲得興奮感的病症，一般即稱作「邦妮和克萊德症」或「美女與野獸綜合症」。

❹ 古羅馬曆法上的三、五、七、十月的第十五日，其他月份的第十三日，稱作愛德斯日。

❺ Gerard Butler（1969-），英國蘇格蘭演員，代表作有《300壯士：斯巴達的逆襲》、《歌劇魅影》、《P.S. 我愛妳》。

跟莎士比亞學創作

記憶重點

- 觀眾想要挖掘歷史人物的祕密生活,所以盡量滿足他們這一點。
- 歷史事件不會過時,觀眾愛看英雄故事。
- 觀眾想要感受歷史性的事件,所以試著創造一個氣勢磅礴的故事。

參考電影

《我倆沒有明天》(*Bonnie and Clyde*,1967)
《鐵達尼號》(*Titanic*,1997)
《300壯士:斯巴達的逆襲》(*300*,2006)

練習

1.回想你最喜歡的一部歷史電影,你最喜歡的元素是什麼?你有被裡面的英雄打動嗎?還是你喜歡當中那些不可告人的祕辛?

2.選擇一個歷史事件,並用一個人成為英雄的歷程來說故事,在有名的歷史事件中,有什麼新的、不同的祕辛被揭露?我們如何從這個新的角度來一窺這些真實事件背後不為人知的事實?

3.看一下你當地的報紙,你能否從中找到一個現實人生中的英雄,成為你說故事的題材?你是否能夠感動其他人?你能把它打造成一個如史詩般磅礴的故事嗎?

理查三世
Richard III

用演的，不要用說的

Action is eloquence.

行動就是雄辯。

一提到莎士比亞，大家都會聯想到對白、詩歌，以及誇張的言詞，但其實莎士比亞的戲劇充滿了動作場面：戰爭殺戮、國王下令斬首、女人被強暴、謾罵叫囂和殺嬰等，這些故事都相當狂野且生動。

《理查三世》的動作場面可說是數一數二地多。理查殺了不下二十個人，包括他最好的朋友、叔叔、哥哥、妻子、半打表兄弟姐妹，和兩個年幼的王子，這部戲用謀殺的場景令人沉浸在恐怖噁心的氣氛裡，讓觀眾感到不寒而慄。

《理查三世》當中那些激烈的動作場景，提醒我們劇本創作的不二法則：戲是用演的，不是用說的。每個作家都知道這條法則，但真要運用在劇本上似乎有些難度。要怎麼確保角色在每場戲都能演出生動？你如何表現出這些動作的力道，讓觀眾印象深刻？我們能從這齣戲中學到什麼，又要怎麼將它運用在劇本創作上？

讓觀眾看到角色想達到的目標

每個角色都必須要有他們渴望得到的東西，也就是「目標」。在某些關鍵時刻，這些角色必須向觀眾展現他們的目標，但不是用說的，而是要用明確的行動「演」出來。

理查的目標很明顯就是要成為英格蘭的國王。他有計畫地展開行動，一步步向目標邁進，不過他不會浪費時間到處嚷嚷自己想做什麼。他不會出言恐嚇，也不會低聲下氣拜託別人，

跟莎士比亞學創作

反之，他透過明快果斷的行動來達到目的。他才將謀殺叔叔的計畫說出口，下一幕你就會看到他的叔叔命喪黃泉。

這齣戲最令人印象深刻的就是他謀殺兩個年輕的王子的那一幕。理查把他們的屍體埋在倫敦塔的樓梯下，邊做邊說出他令人不寒而慄的心願：「我希望那個私生子死掉，然後我就能馬上登上王位。」(*I wish the bastards dead; and I would have it suddenly performe'd.*) 理查不需要「告訴」我們他怎麼達到一連串的目標，而是透過每一次的行動「演」給我們看。

《震撼教育》(*Training Day*，2001) 的艾朗索 (Alonzo，丹佐·華盛頓❶ 飾) 與緊隨他的天真菜鳥傑克 (Jake，伊森·霍克❷ 飾)，在關鍵時刻展現了堅定的目標。艾朗索非但沒有逮捕毒販，反而付錢給他。他在毒販的廚房地下挖出好幾百萬，然後把毒販給殺了，還把現場布置得像是正當防衛。艾朗索根本毋須作出冗長的自白，這整個過程已道盡他最單純的目標與動機，令人不寒而慄。

減少無謂的「假動作」，創造更多的「行動」

劇作家最容易忍不住在情節中增加許多無謂的「假動作」(activity)，而不是真的「行動」(action)。所謂的「假動作」，是指給角色太多不忙裝忙、意義不大的零碎畫面，例如喝口酒、洗副牌，或是咬一口食物。當他們開始發動劇情的時候，這些次要的瑣碎活動會讓演員很忙，但這種活動對劇情沒有直接的影響，對人物性格的描摹也沒什麼幫助。反之，真的

「行動」才是讓角色更爲立體的方式，設計「行動」會讓劇情更完整，也讓整齣戲的定調更明確。

　　就像《當哈利碰上莎莉》中假裝性高潮的那一幕。一開始，哈利和莎莉坐在餐廳聊到女人總是假裝性高潮這件事，當中莎莉突然抱怨起她的三明治，兩人就此爭論起來，這一幕是個假動作，但帶出了後面眞正有意義的舉動。莎莉故意在大庭廣衆下高聲呻吟，表演假高潮，看起來相當逼眞。這行動完全說明了莎莉和哈利之間特別又有趣的關係，顯示出兩人分享彼此私密事的程度已超乎普通朋友。

　　這個舉動才是有意義的行爲，不只如此，後來坐在莎莉隔壁的女人，看到莎莉一副飄飄欲仙的樣子，還跟女服務

《當哈利碰上莎莉》（*When Harry Met Sally*, © 1989 MGM, All rights reserved.）

跟莎士比亞學創作

生說：「我也要點一份跟她一樣的。」（*I'll have what she's having.*），這一幕巧妙地呼應到之前那些有關食物的假動作與對白，幽了觀眾一默。

莎士比亞最廣爲人知的特色就是當中會穿插一些演出說明，角色上臺下臺，但莎士比亞幾乎不會停下來向我們透露更多訊息。事實上，莎士比亞的戲幾乎沒有什麼「假動作」，人物從來不會喝口酒、把紙弄亂或拿外套之類的。莎士比亞只有在這些額外臺詞或動作確實能幫觀眾理解劇情時才會加入。

《理查三世》就是這樣，在下一個場景之前，理查在殺人的過程中或是打算下手時，不論是過場還是行進間全都不浪費。每個情節都正好完成理查得到英格蘭王位的目標，當理查對背叛他的海斯汀斯（Hastings）說「砍掉他的頭」，接著我們聽到劇場導演說：「接著砍掉洛弗爾和拉克立夫與海斯汀斯的頭！」（*Enter Lovel and Ratcliff with Hastings' head!*），確實，包括劇場導演在內，都沒有出現多餘的假動作，一切都是必要的行動，讓故事充滿了戲劇張力。

加大動作

觀眾都期待故事結尾的高潮。劇終高潮最好要引人入勝、令人興奮，而且最重要的是——要夠生動。每個好的高潮並不一定得捲入暴力或死亡，但要讓角色出現大動作，確保這場衝突夠戲劇性。

《理查三世》的最後一幕是戰慄高潮的縮影，理查被敵人環伺，雖然他知道千餘名士兵即將死亡，但他仍舊選擇奮力一搏。他瘋狂的憤怒，極度的狂熱程度就像他為了權力、為了他的人生戰鬥。血腥和情感受挫讓他在死前恐懼地喊叫：「馬兒啊！馬兒啊！我的王國就毀在你這裡！」（*A horse! A horse! My kingdom for a horse!*）從頭到尾，我們隨著不停歇的動作進入劇情，當理查失敗時，是在戰鬥中，不是語言。莎士比亞沒有告訴我們關於理查的死亡，他讓我們看到所有的陰森自豪。

《神鬼無間》（*The Departed*，2006）最後驚悚的一幕，警探助理丁南（Sgt. Dignam，馬克·華伯格❸飾）突然出現在反派科林·蘇利文（Colin Sullivan，麥克·戴蒙飾）的家中。當中並沒有用冗長的對白交代科林為什麼要這麼做，或是丁南打算怎麼讓他付出代價。在丁南用裝有減音器的槍射穿他的腦袋前，科林只說了一個「好」字。

然而這一幕還是令人難以置信，它是這齣戲最高潮的地方。觀眾不需要聽到多餘的談話，只有行動本身才是唯一重要的。這再再證明了劇本創作的要點：用演的，不要用說的。

---

❶ Denzel Washington（1954-），美國男演員、電影導演和電影監製，曾以《震撼教育》一片榮獲奧斯卡最佳男主角。

❷ Ethan Hawke（1970-），美國電影男演員、導演及作家，著名的電影作品有《愛在黎明破曉時》、《震撼教育》、《愛在日落巴黎時》。

❸ Mark Wahlberg（1971-），美國演員以及電視製作人，知名作品有《神鬼無間》、《破天荒》、《熊麻吉》等。

記憶重點

- 不要讓角色說出他們的目的，而是製造關鍵的行動，把它演出來。
- 在每場戲中加入有意義的行動，不要設計太多假動作。
- 「假動作」會讓角色看起來很忙，但「有意義的舉動」才能讓劇情完整並讓角色的性格跳出來。
- 戲劇的高潮應該要很好玩、令人興奮，而且更重要的是，要夠「生動」。
- 觀眾不需要聽到過多的說明，行動本身就說明了一切。

參考電影

《當哈利碰上莎莉》（*When Harry Met Sally*，1989）
《震撼教育》（*Training Day*，2001）
《神鬼無間》（*The Departed*，2006）

練習

1. 從你的劇本挑出能表明角色目標的一幕。改寫一下，把對白全都刪掉，只用一連串的行動來表示。確保這些行動能夠讓觀眾看出這個角色的意圖。

2. 構思一個獨特又強烈的動作場景，然後給這個動作場景設計相關的背景故事，要怎麼用行動來定義這個角色？要如何定義這個角色與他人的關係？花兩頁的篇幅完成這個練習。

3. 去大賣場或熙攘的地方觀察路人，從這些人的行為中你發現了什麼？寫下你最喜歡的畫面，然後把它加入你的寫作裡。

冬天的故事
The Winter's Tale

爲什麼性格轉折至關重要

Some rise by sin, and some by virtue fall.

有些人因罪惡而昇華，有些人因德性而墮落。

《冬天的故事》雖然不是莎士比亞最膾炙人口的故事，然而它的內容設計卻相當有趣。一個猜疑心重的丈夫的咆哮指控，為這齣戲揭開了序幕，最後則是他請求全家人的原諒和寬恕。這齣戲凸顯了人們因犯錯而成長、改變和學習的可能性，而設計一連串的角色弧線（character arc），就能讓觀眾更清楚地看到這種可能性。

為什麼角色弧線是重要的故事元素？是什麼讓角色弧線在戲劇中如此有力量？我們如何在自己的故事裡製造引人入勝的轉捩點？

大處著手

當作家想在故事中展現出角色性格轉變的軌跡時，經常會忍不住加入一些小細節和精心製造的改變，為的是呈現出角色細膩的蛻變過程。但事實上，如果要讓角色弧線更有效果、更具體，就必須製造更大的反差。

如果想強調角色由差轉好的過程，那麼一開始就要讓他處於谷底，然後隨著劇情展開一路攀上高峰。假如要強調角色墮落的心路歷程，那麼就要讓他從天堂掉到地獄，總之性格的轉變一定要夠大。

《冬天的故事》到處可見里昂提斯（Leontes）細膩的性格轉變。故事從里昂提斯認為他的妻子赫米溫尼（Hermione）和他最好的朋友有染開始。這部電影並不打算慢慢揭露角色的

跟莎士比亞學創作

邪惡面貌。觀眾在不到兩百句臺詞內就能明白里昂提斯是多麼瘋狂的人。

這場戲結束時，里昂提斯指控他的妻子，懷疑自己不是兒子的親生父親，打算謀殺未出世的胎兒，還和他親信密謀殺害他的朋友。看到這裡，里昂提斯無疑已經露出他最邪惡的真面目。這齣戲並沒有浪費時間慢慢鋪陳醞釀，角色的內心轉變來得劇烈且突然。

一如《冬天的故事》，電影《美國X檔案》（*American History X*，1998）的主角一開始的狀況也是非常糟糕。

光頭青年德瑞克（Derek，艾德華‧諾頓❶飾）是新納粹分子的一員，在第一場重點戲用極為殘忍的方式殺害了三個黑人。他命令其中一個被他打成重傷的黑人張大嘴巴咬住路邊的護欄，然後，他的臉上露出一抹陰森詭異的微笑，接著用腳踩爆黑人的頭。這個難以抹滅的殘忍景象相當震撼駭人，而這種誇張的手法完全凸顯了角色內心的轉變。

讓一切值得

假如角色未來會面臨轉變，那麼觀眾需要看到的是他改變的原因跟過程，不然這一切就不夠有說服力。假設想讓觀眾看到故事人物最終試圖彌補、挽回過錯，或是對自己的所作所為感到懺悔，那就得讓觀眾看到他在得到救贖前備受煎熬的過程，角色的改造變化必須要誇張且劇烈。

在里昂提斯痛罵妻子和他最好的朋友有染後，他失去了他心愛的一切。他年幼的兒子被媽媽的不忠給害死——里昂提斯決定不要這個孩子，叫人把他帶走殺害，而他的妻子赫米溫尼也因此死亡。

　　戲才進行到一半，里昂提斯就已落得一無所有，但懊悔顯然已經太遲，此時他陷入全然的悲傷中，內心的苦難才正要開始：

> 請你同我去看一看我的王后和兒子的屍體，
> 兩人應當合葬在一起，墓碑上要刻著他們死去的原因，
> 永遠留著我洗刷不去的恥辱，
> 我每天都要訪謁他們埋骨的教堂，灑下我的眼淚，
> 這樣消度我的時間。
> 我要發誓每天如此，直到死去。帶我去向他們揮淚吧。
>
> 〈第三幕第二場〉

Bring me
To the dead bodies of my queen and son:
One grave shall be for both: upon them shall
The causes of their death appear, unto
Our shame perpetual.
Once a day
I'll visit
The chapel where they lie, and tears shed there
Shall be my recreation: so long as nature
Will bear up with this exercise, so long

跟莎士比亞學創作

I daily vow to use it.
Come and lead me unto these sorrows.

(Act 3, scene 2)

抱歉用「說」的還不夠，觀眾需要「看」到他為此痛哭哀號，為自己的行為感到懊悔。里昂提斯不但建了一座教堂，還十六年來天天寸步不離地待在教堂為妻兒懺悔。觀眾可以看到他性格上明顯的變化。

要呈現改變的過程，時間當然是不可或缺的要素。關於這點，沒幾部電影比得上經典喜劇《今天暫時停止》（*Groundhog Day*，1993）❷ 了。

有別於里昂提斯，菲爾·唐納（Phil Connors，比爾·莫瑞❸ 飾）並不是為了悲痛難忍的過失而贖罪，比較像是因為自負傲慢這種性格缺陷而良心不安。很明顯的，電影的調性不像《冬天的故事》，但深層結構的角色弧線十分類似。

菲爾讓觀眾看到了他的成長，以及他為什麼要這麼做。日復一日，我們看到菲爾在小鎮上主動認識別人，想辦法幫助別人，學會傾聽和了解他愛的女人，最後轉變成一個和藹可親的好人。

當他徹底「改邪歸正」後，一直重複過土撥鼠節的魔咒就解除了，而觀眾也因為清楚看到他一路來的轉變而順理成章地接受這樣的劇情安排。

是否得到救贖

　　不是每個角色在故事最後都能得到救贖，但當你爲角色安排了一個要達成的目標，那麼觀衆就會好奇他最後到底有沒有成功。假如角色在故事進展的過程中受苦受難，那麼他們就有了被救贖的契機。

　　關於里昂提斯在《冬天的故事》最後到底有沒有獲得救贖，這點很難界定。在歷經十六年的孤寂與憂傷後，他得知當年他打算殺害的新生女兒潘狄塔（Perdita）並沒有死，而且還回到了他的王國。當然，潘狄塔第一件想做的事就是去探望她母親的墳，赫米溫妮最好的朋友寶麗娜（Paulina）帶潘狄塔和里昂提斯到墓地去看新完工的赫米溫妮雕像。

　　接下來發生的事幾乎讓所有人都難以置信。當潘狄塔和里昂提斯在墳前默哀之際，雕像居然動了──它是「活的」，接著觀衆明白了，原來赫米溫尼其實沒有死，這些年來，她被她的朋友寶麗娜給藏了起來。

　　這場戲從頭到尾都傳達出里昂提斯對赫米溫妮永誌不渝的愛。失去赫米溫妮令他悲慟不已，並且對自己詆毀了她純潔的靈魂感到羞愧。他甚至一度俯身親吻那尊雕像，顯示出他深層的絕望與痛苦。

　　當里昂提斯終於釋放痛苦，沉浸在悲喜參半的情緒中，這一幕眞教人不忍直視。如果說這齣戲的最終設定是要里昂提斯

為了他貞潔的妻子受盡悲苦，那麼這一幕就是最完美的呈現。

有趣的是，赫米溫妮對里昂提斯瘋狂請求寬恕的行為無動於衷，赫米溫妮只對他女兒說了一句臺詞，解釋她為什麼要詐死：這一切都是為了她唯一的心願——活著回來看自己的孩子。

里昂提斯到底有沒有被原諒，這件事在劇終時仍留下了曖昧的空間。但重點是觀眾已經看到他試圖為自己的行為尋求救贖，就算他十六年來的懺悔終究沒被原諒也無所謂。

《終極追殺令》（*Léon: The Professional*，1994）為主角職業殺手里昂（Leon，尚·雷諾❹飾）設計了一場無私的救贖。一開始里昂是位孤僻的職業殺手，但當他的鄰居一家慘遭貪污的緝毒局幹員槍殺後，他便接手照顧那家倖存的女孩，並且教她當殺戮的技能，在電影中，里昂和瑪蒂達（Mathilda，娜塔

《終極追殺令》（*Léon: The Professional*, ）

莉‧波曼❺飾）在情感上變得愈來愈緊密。當瑪蒂達要向緝毒局幹員報滅門之仇時，里昂襲擊了幹員，救了瑪蒂達一命。在最後一幕，里昂犧牲了自己來保護瑪蒂達。里昂一輩子的殺手生活就在這一幕畫下句點，得到救贖。

---

❶ Edward Norton（1969-），美國籍演員、電影導演與製片人，以《美國X檔案》獲得奧斯卡最佳男主角獎提名。

❷《今天暫時停止》（*Groundhog Day*），1993年上映的美國經典喜劇，描述一名聲名狼藉的氣象記者與攝影團隊在土撥鼠日到賓夕法尼亞州小鎮採訪時，因天候不佳而受困在鎮上，隔天起來發現自己仍在二月二日當天，不斷日復一日重複當日的景況，直到他開始改變自己的個性，成為一個和藹可親的好人，這才順利脫困，迎接二月三日的到來。

❸ Bill Murray（1950-），美國電影演員，著名作品有《今天暫時停止》、《加菲貓》、《布達佩斯大飯店》等。

❹ Jean reno（1948-），西班牙裔法國男演員，代表作為《終極追殺令》。

❺ Natalie Portman（1981-），童星起家的以色列裔美國女演員，以《星際大戰》系列電影聲名大噪，以《黑天鵝》獲奧斯卡最佳女主角獎，其他代表作有《終極追殺令》、《V怪客》等。

跟莎士比亞學創作

記憶重點

- 為了角色性格轉折的效果,性格的轉變一定要夠大。
- 假如角色將要轉變,觀眾需要看到他改變的原因和過程。
- 當你為角色安排了一個要達成的目標,那麼觀眾就會想要看他最後到底有沒有成功。

參考電影

《今天暫時停止》(*Groundhog Day*,1993)
《終極追殺令》(*Léon: The Professional*,1994)
《美國X檔案》(*American History X*,1998)

練習

1. 找一位現實中的英雄(不管是已故還是健在),明確地把他的性格特徵列出來。現在讓你故事中的英雄具備完全相反的性格,為了成為英雄,他應該獲得那些性格上的轉變?你可以構思出具備這些改變的故事線嗎?

2. 幾乎每個人的人生都有轉變的經驗,那個下定決心「再也不這麼做了」的瞬間。以你自己的經驗花兩頁的篇幅構思場景,寫出造成改變的原因和過程。

3. 每個人都有缺陷,想想你自己有哪些缺陷,想像一下你會怎麼克服它,徹底改變?你需要用哪些步驟來戰勝這個缺陷?它會對你的人生會造成怎樣的改變?

安東尼與
克莉奧佩特拉
Antony and Cleopatra

場景不只是背景

All the world's a stage.

世界是座舞臺。

在《安東尼與克莉奧佩特拉》這齣莎翁名劇中，場景是故事的一部分，重要性不亞於劇中的角色。這個偉大故事描述一段禁忌的愛戀，但整齣戲最令人難忘的其實是專為這場愛情故事打造的古埃及華麗場景。

場景當然是每個故事不可或缺的一部分，好的場景有助於創造英雄、形塑故事，或是製造衝突，增添整個故事的豐富度。它用獨一無二的環境氛圍來帶動故事，用難忘的場景讓觀眾留下深刻的印象。

場景不僅僅是背後的景物，它還能變成故事中最強而有力的元素。《安東尼與克莉奧佩特拉》的背景運用有何巧思？裡面的背景設定對劇中的英雄、故事整體以及衝突有什麼影響？我們該如何善用場景，讓故事更上層樓？

形塑英雄

就某種程度而言，所有的英雄都是環境造就的。但在某些情況下，環境甚至能造成角色性格一百八十度的大轉變。當英雄無法適應新環境時，我們會說這是個「如魚離水」（fish-out-of-water）的故事，當他們適應良好，就叫「順勢而為」（going native），兩種情形都取決於「背景設定」（setting）。

《安東尼與克莉奧佩特拉》是屬於「順勢而為」的驚險故事，英雄馬克‧安東尼（Marc Antony）曾經是偉大羅馬的大將，英偉不凡、氣宇昂軒。然而這位羅馬知名的執政官卻縊死

在克莉奧佩特拉的臂彎裡，被繁榮的埃及環繞著。當安東尼走進法院，菲羅（Philo）竊笑：「等著看吧，他原本是世上的三大支柱之一，現在卻淪爲娼妓的玩物。」（*The triple pillar of the world transformed into strumpet's fool: behold and see.*）雖然他身邊的朋友試圖幫他重振旗鼓，起身對抗羅馬，安東尼卻只愛美人不愛江山：

> 讓羅馬融化在臺伯河的流水裡，
> 讓廣袤帝國的高大拱門倒塌吧！
> 這兒是我的生存空間。
> 紛紛列國，不過是一堆泥土，
> 糞穢的大地養育著人類，也養育著禽獸，
> 生命的光榮存在於一雙心心相印的情侶的及時互愛和熱烈擁抱
> 之中。
> （擁抱克莉奧佩特拉）
>
> 〈第一幕第一場〉

> *Let Rome in Tiber melt, and the wide arch*
> *Of the ranged empire fall! Here is my space.*
> *Kingdoms are clay: our dungy earth alike*
> *Feeds beast as man: the nobleness of life*
> *Is to do thus.*
> *(He embraces her)*
>
> (Act 1, scene 1)

　　安東尼已經沉溺在太過舒適豪華的新環境，像埃及皇后的寵妃似的，整個人變得軟弱無用，一點骨氣也沒有。

莎士比亞在一開始就讓觀衆看到安東尼的轉變，因爲他希望觀衆看到安東尼所處的環境以及他身邊的一切，這些都是讓他有如此戲劇化改變的原因。

　　不只如此，安東尼更喜歡他的新環境，他已徹底隨波逐流，這對他自己，以及那些他應該保護的人來說都不是件好事。他後來幡然悔悟，說出以下這句臺詞：「我必須掙斷這副堅強的埃及鍊銬，否則我將迷失自己。」（*These strong Egyptian fetters I must break, or lose myself in dotage.*）

　　《阿拉伯的勞倫斯》（*Lawrence of Arabia*，1962）也是用這種方式打造英雄的形象，然而這個故事卻一反常態，讓「順勢而爲」的故事變成一場狂野美好的冒險。觀衆可以看到T.E.勞倫斯（T.E. Lawrence，彼得・奧圖❶飾）從一個普通的英國佬，搖身成爲貝都因人領導者。勞倫斯建議橫越內夫得沙漠，這個路線連貝都因人都覺得不可行，但他仍舊堅持要行過這片滾滾黃沙抵達對岸。當他完成這趟旅程時，整個人已脫胎換骨。他再也不是英國佬了，而是徹底融入貝都因人的生活，成爲當地人的一分子，也締造了一項傳奇。

　　當他被土耳其人捕獲時，那副狼狽樣幾乎讓人認不出是他，唯一可供辨識的只有他那雙讓人驚歎的藍眼睛。這部電影的環境設定不只摧殘了一個男人，還創造出一名不凡的英雄——被沙漠洗禮而誕生的英雄。

跟莎士比亞學創作

塑造氣氛和調性

環境設定不只能改變角色的本質，也能營造故事的氣氛和調性。如果場景非常獨特或有創意，就會增添故事的豐富性，讓故事跳出來，給觀眾留下難忘的印象。

華麗富裕、充滿異國情調的古埃及場景，讓《安東尼與克莉奧佩特拉》的觀眾過目難忘，與這段羅曼史相輔相成。埃及的調性、氣氛及特色，毫無疑問替這部名作加了不少分。如果場景不是設在古埃及，這段愛情故事就會截然不同。

一如《安東尼與克莉奧佩特拉》，電影《決戰3：10》（*3:10 to Yuma*，2007）的場景也是別具一格，直接套用西部片元素，

《決戰3：10》（*3:10 to Yuma*，© 2007 Lionsgate, All rights reserved.）

141

藉由大自然的景色創造獨一無二的氣氛與調性，事實上，這些崎嶇的山岳地形、岩石景觀，以及鬧鬼的小鎮，都相當逼真且具說服力，成功打造出「蠻荒西部」的感覺。

這些場景幾乎和劇中角色一樣重要。故事的氣氛、調性和風土民情都得靠場景來塑造，是提供觀眾想像空間和記憶點的強力元素。

塑造衝突

環境設定不只有助於形塑故事，也能塑造故事中的衝突，在某些電影中，環境本身就是衝突的來源，許多英雄必須克服自然環境才能達成目標。無論如何，英雄就是得面對更多的困難與挑戰，善用場景就能增加故事在這方面的張力和效果。

在《安東尼與克莉奧佩特拉》劇中，安東尼在迷人的埃及與抗拒奧古斯都（Octavius，即凱撒）、龐貝（Pompey）以及屋大維（Lepidus）這些想要控制羅馬皇帝的人之間掙扎，安東尼在埃及過著紙醉金迷的生活時，戰爭開打了。當安東尼終於決定要進攻時，他意識到必須善用開羅的自然元素──水，來幫他打贏這場仗。

安東尼擅長陸戰，但尼羅河對克莉奧佩特拉的軍隊來說具有主場優勢。他一開始勢如破竹，卻在最後一刻功敗垂成。第二次發動攻擊時，他故意挑起埃及軍隊的內訌。然而安東最終仍舊輸了這場戰役，羅馬淪陷。

埃及紙醉金迷的生活以及皇后克莉奧佩特拉滿滿的溺愛，這種種的一切徹底毀掉了安東尼的一生，也導致他最終自殺身亡。

　　就像《安東尼與克莉奧佩特拉》一樣，《現代啓示錄》（*Apocalypse Now*，1979）也是靠場景來呈現一個男人腐化的過程。越戰期間，海軍上校班傑明·韋勒（Benjamin Willard，馬丁·辛❷飾）奉命追殺剛愎自用的陸軍上校寇茲（Kurtz，馬龍·白蘭度飾）。當韋勒在叢林追殺寇茲時，他同時也必須對付另一個真正的敵人——越共。

　　叢林是個擾亂人心、晦暗難明又令人瘋狂的地方。韋勒愈是深入叢林，他的靈魂就變得愈加邪惡。不過瘋狂的人還不止他

《現代啓示錄》（*Apocalypse Now*, © 1979 Paramount, All rights reserved.）

一個。當陸軍上校副官吉爾戈（Kilgore，勞勃·杜瓦❸飾）下令攻擊後，他滿心歡喜地說：「我喜歡一早聞到燃燒彈的味道。」（*I love the smell of napalm in the morning.*）。這句臺詞故意製造出一種荒誕不經的風格，目的是表現出吉爾戈對戰爭期間所遺留的苦痛漫不在乎。電影最終的場景，所有人非死即傷，哀鴻遍野，這畫面令人印象深刻，搶走了劇中所有要角的風采。

❶ Peter O'toole (1932-2013)，英國電影男演員，在經典電影《阿拉伯的勞倫斯》中飾演一戰英國軍官勞倫斯而享譽全球，2003年獲奧斯卡終身成就獎。

❷ Martin sheen (1940-)，美國演員，曾演出電影《現代啓示錄》、電視劇《白宮風雲》等。

❸ Robert Duvall (1931-)，美國演技派男演員，以《憐情蜜意》一片榮獲奧斯卡最佳男主角獎。

記憶重點

- 利用獨特的場景來打造英雄。
- 若場景設定夠有趣,就會以獨特的風格豐富故事的內容,讓觀眾印象深刻。
- 英雄就是得面對更多的困難與挑戰,善用場景就能增加故事在這方面的張力和效果。

參考電影

《阿拉伯的勞倫斯》(*Lawrence of Arabia*,1962)
《現代啓示錄》(*Apocalypse Now*,1979)
《決戰3：10》(*3:10 to Yuma*,2007)

練習

1. 挑三部你最喜歡的電影,分別建立在不同的時空背景下。當中場景的轉換對角色、情節、氣氛、調性有什麼影響?

2. 回想一下你最喜歡的度假經驗。利用這個你去過的地方為故事打造一個場景,而且只要換了場景這個故事就不成立。以這個條件為前提,用一頁的篇幅擬出故事大綱。

3. 幫某位男性角色設計一個特別的場景。想出與這個角色最不搭調的場景(例如一個不苟言笑的海軍正在跳芭蕾舞,或是把伍迪·艾倫丟到戰區。)用兩頁的篇幅,營造出角色受困於這些場景,極力想擺脫卻又無法逃離的感覺。

無事生非

Much Ado About Nothing

寫出眞正好笑的喜劇

Brevity is the soul of wit.

簡潔是機智的靈魂。

《無事生非》是首部追溯到五百年前歷史的舞臺劇，讓人得以一窺遠古的文化。裡面有許多古早的英文用法，大部分人在讀的時候都很難理解，必須查字典才看得懂，然而它卻是莎士比亞最棒的喜劇之一。

是什麼讓這部戲如此好笑滑稽？它是怎麼成為前無古人、後無來者的經典喜劇？莎式幽默究竟有什麼令人難以抗拒的魔力？

挖苦人的俏皮話

莎士比亞的幽默感之所以成功，其中一個重點就是他抓住了喜劇最基本也最不敗的精髓——挖苦。沒什麼比一個好的挖苦更能惹人發笑了。

在《無事生非》中，培尼狄克（Benedick）和貝特麗絲（Beatrice）的唇槍舌戰完全顯示出這項特點。兩人的關係幾乎都建立在互相嘲弄和刺激對方上，也就是所謂的「甜蜜的較量」（merry war）：

培尼狄克：可是除了您以外的每個女人都愛我，這一點毫無疑問。我希望我的心腸不是那麼硬，因為說句老實話，我一點也不愛她們。

貝特麗絲：那些女人還真走運，不然他們就會被一個討厭的黏人精給纏上。感謝上帝讓我心如止水。我在這一點上倒能體會你的心情。我寧願忍受我的狗不斷對著烏鴉

吠，也懶得聽一個男人發誓說他有多愛我。

培尼狄克：那就請上帝保佑妳永遠都這麼想吧！這樣某位仁兄
就可以逃過被母老虎抓破臉的惡運了。

貝特麗絲：就憑您這副尊容，就算抓破臉也不會變得比原來更
難看的。

〈第一幕第一場〉

Benedick: *I am loved of all ladies, only you excepted. I*
would I could find in my heart that I had not a
hard heart, for truly I love none.

Beatrice: *A dear happiness to women; they would else*
have been troubled with a pernicious suitor. I
thank God and my cold blood I am of your
humor for that: I had rather hear my dog bark
at a crow than a man swear he loves me.

Benedick: *God keep your ladyship still in that mind,*
so some gentleman or other shall escape a
predestinate scratched face.

Beatrice: *Scratching could not make it worse, if 'twere*
such a face as yours were.

(Act 1, scene 1)

這場戲的趣味在於雙方互相挖苦，次次針鋒相對，鬥嘴的內
容一次比一次狠。每次的模式都是培尼狄克先說自己不會愛上
貝特麗絲，到最後就以貝特麗絲諷刺培尼狄克是個醜男收尾。
但這兩人最後卻愛得如癡如狂，這何嘗不是個天大的笑話。

挖苦人的俏皮話是現代喜劇的基本配備，伍迪‧艾倫（Woody Allen）的《安妮霍爾》（*Annie Hall*，1977）就是個好例子。觀眾喜歡看到人物們妙語如珠、互相鬥嘴。

有別於《無事生非》的挖苦嘲笑，艾倫大部分是對自己自嘲。來看一段安妮（Annie）和艾維（Alvy）互相挖苦的場景：

艾維：妳要和妳的大學教授來一腿，那個混蛋教什麼《西方男人的當代危機》，這都是什麼垃圾課程啊，簡直讓人不敢相信。

安妮：是《俄羅斯文學中的存在主義》。你還真會猜咧。

艾維：有什麼不同，都跟打手槍自爽沒什麼兩樣。

安妮：哦，太好了，你終於講到你在行的事了。

艾維：喂，不要瞧不起打手槍好嗎，我可是在和喜歡的人做愛。

安妮聽到艾維說「打手槍」，就試圖拿這點羞辱他。而艾維非但沒有抵賴自己愛打手槍，也沒有正面反擊，反而用幽默自嘲的方式回應安妮的挖苦。就像《無事生非》一樣，安妮和艾維也是言詞交鋒的天才，兩人真是天造地設的一對，愈吵愈有趣，這就是喜劇的金字招牌。

設計一個笨蛋丑角

大家都喜歡看笨蛋自己找糗，莎士比亞肯定也有意識到這一點。他的每部戲裡（包括悲劇）至少都會有一個滑稽的丑角。傻瓜是滿足大眾口味的喜劇基本元素。

在《無事生非》裡有個世界無敵大傻瓜,那就是傻里傻氣但心地善良的小鎮守衛道格培里(Dogberry)。道格培里很愛亂用諧音或近音字(malapropism),例如道格培里把「人比人氣死人」(Comparisons are odious.),說成「人比人臭死人」(Comparisons are odorous.❶)。

兩光的道格培里不在乎枝微末節,但他終於在戲的中段成功抓到了兩個「徹頭徹尾的大壞蛋」(arrant knaves)交給奧那托(Leonato)。接下來的過程中充滿雞同鴨講。里奧那托跟他溝通不良,忍不住打斷道格培里:

里奧那托:兩位老鄉,你們囉嗦的本領可真不小啊。

道格培里:承蒙您老爺好說,不過咱們都是可憐的公爵手下的巡官。可是說真的,拿我自個兒來說,要是我囉嗦的本領跟皇帝老子那樣大,我一定會捨得拿來一股腦兒全傳給您老爺。

里奧那托:呃,把你的囉嗦本領全傳給我?

道格培里:對啊,哪怕再加上一千個金鎊的價值,我也絕不會捨不得。

〈第三幕第五場〉

Leonato: *Neighbors, you are tedious.*

Dogberry: *It pleases your worship to say so, but we are the poor duke's officers; but truly, for mine own part, if I were as tedious as a king, I could find it in my heart to bestow it all of your worship.*

Leonato: *All thy tediousness on me?*

Dogberry: *Yea, if 'twere a thousand pound more than 'tis.*
(Act 3, scene 5)

道格培里顯然對「囉嗦的」（tedious）這個字沒什麼概念，也不知道這形容詞是貶義，一點也不值錢，但他還是一再講出這種莫名其妙的句子。道格培里最好笑的地方就在於他希望表現出聰明過人的樣子，但卻總是弄巧成拙，讓自己更難堪。

然而道格培里在戲裡有個重要功能，他不只是語言不精的笨蛋，被用來襯托風趣機智的培尼狄克和貝特麗絲，他在最後靠著逮捕毀謗到英雄的罪犯，扳回了一成。這齣戲要是沒有道格培里，結尾就會像是個悲劇，他做善事的能力拯救了他的愚蠢。

巴弟（Buddy，威爾·法洛❷飾）在《精靈總動員》（*Elf*，2003）中的角色就像道格培里一樣，是個傻笨卻可愛的傢伙，巴弟在電影結束時挽救大局。巴弟是在北極被精靈養大的人類，被送到紐約市去找他的親生父親。想當然耳，他被大城市驚嚇到了，接下來發生了一連串誤會，例如不小心把一名矮小的人類叫成「生氣精靈」（angry elf）而得罪人，還有指著百貨公司的聖誕老人大叫它是「冒牌貨」：「你聞起來像牛肉和起士，不像聖誕老人！」（*You smell like beef and cheese. You don't smell like Santa!*）巴弟不斷帶來笑料，卻又熱心助人。巴弟在戲中也是扮演像道格培里這種行為蠢笨卻讓人印象深刻的角色。

《精靈總動員》（*Elf*, © 2003 new line, All rights reserved.）

出糗的情境

出糗是喜劇的基本元素。觀眾就是喜歡看劇中這些傻瓜丟臉，他們出的糗愈大，觀眾就笑得愈大聲。

《無事生非》完全就是這樣。在培尼狄克囉哩囉嗦地講了一大堆結婚的壞處後，他的朋友們決定一起耍他。朋友們看見他在花園閒逛，就故意放大音量讓他聽見，說貝特麗愛他愛到難以自拔，甚至想要為他自殺。沒想到這招居然奏效了，培尼狄克真的以為貝特麗絲愛上她了。他聽到時甚至樂得快要發瘋，並決定接受貝特麗絲的愛，瘋狂地愛著她。

最後他們把貝特麗絲約出來耍培尼狄克，當然，貝特麗絲對這一切一無所知，當貝特麗絲向他走來時，培尼狄克愉快地舔唇期待：「我真的嗅到了她愛我的訊號。」(*I do spy some marks of love in her*)。然後好玩的部分來了：

> 貝特麗絲：是他們叫我來請你進去吃飯的，我本人可是一點都不想。
>
> 培尼狄克：好的，貝特麗絲，辛苦您啦，真是多謝。
>
> 貝特麗絲：不用跟我道謝，這沒什麼好辛苦的，就像您說這一聲多謝並沒有什麼辛苦一樣。要是這是件苦差事，我也不會來啦。
>
> 培尼狄克：那麼您是很樂意來叫我的嗎？
>
> 貝特麗絲：是的，就像被人用刀架著一樣樂意之至。
>
> 〈第二幕第三場〉

> Beatrice: *Against my will I am sent to bid you come in to dinner.*
>
> Benedic: *Fair Beatrice, I thank you for your pains.*
>
> Beatrice: *I took no more pains for those thanks than you take pains to thank me. If it had been painful, I would not have come.*
>
> Benedick: *You take pleasure then in the message?*
>
> Beatrice: *Yea, just so much as you may take upon a knife's point.*
>
> (Act 2, scene 3)

貝特麗絲這些舉動並沒有讓培尼狄克死心，反而還讓他燃起一絲希望。不管貝特麗絲怎樣粗魯無理，他都把這些視為愛

跟莎士比亞學創作

的證據，當貝特麗絲快步離開時，他還大聲呼喊：

> 哈！「他們叫我來請您進去吃飯，我本人可是一點都不想。」這
> 句話有弦外之音啊。
>
> 〈第二幕第三場〉
>
> *Ha! "Against my will I am sent to bid you come in to*
> *dinner." There's a double meaning in that.*
>
> (Act 2, scene 3)

當然，這句並沒有什麼弦外之音，貝特麗絲所說的話完全就是她的原意，培尼狄克的朋友耍他，害他丟臉，還愛上了一個討厭他的女人。這一幕令人捧腹大笑，而這段笨拙的談話更是讓他糗上加糗。

《哈拉瑪麗》（*There's Something About Mary*，1998）有兩個最引人發噱的場景。在最開始的時候，泰德（Ted，班·史提勒❸飾）本來要和他的夢中情人瑪莉（Mary，卡麥蓉·狄亞❹飾）一起去參加畢業舞會，但約會卻提早結束了，因爲泰德很糗地忘了拉褲子拉鍊。

這場戲創下了出糗的極致，但事情還沒完，多年後，泰德和瑪莉再度聯絡上，而瑪莉也答應和他約會。在朋友的建議下，泰德決定約會前先「清槍」，不過當他完事後，卻怎麼也找不著精液到底射向何方。此時門鈴響起，一開門，瑪麗就看到他掛在耳垂上的那團東西，頓時收起笑容，問他：「你頭上那

是……定型髮膠？」他還來不及回話，瑪麗就搶著把那些液體抹在自己頭髮上。

　　上述兩場戲都是善用人物出糗的段子，但跟《無事生非》不同的是，它不是用對話來表現，而是用好笑的情境來引人發笑。

---

❶ odious 代表「令人厭惡的」，而 odorous 則意爲「發臭的」。

❷ Will Ferrell（1967-），美國喜劇演員、演員、編劇。著名作品有《王牌飆風》、《口白人生》、《冰刀雙人組》等。

❸ Ben Stiller（1965-），美國演員、監製、導演以及節目主持人。電影作品有《哈啦瑪莉》、《名模大間諜》、《白日夢冒險王》等。

❹ Cameron Diaz（1972），美國女演員，著名作品有《哈啦瑪莉》、《霹靂嬌娃》、《偷穿高跟鞋》等。

記憶重點

- 喜劇最基本也最不敗的精髓就是挖苦，它是讓觀眾哈哈大笑的保證。
- 每個人都喜歡看笨蛋自己找糗。
- 觀眾除了喜歡看笨蛋，他們還喜歡看到這些角色被奚落恥笑。

參考電影

《安妮霍爾》（*Annie Hall*，1977）
《哈拉瑪麗》（*There's Something About Mary*，1998）
《精靈總動員》（*Elf*，2003）

練習

1. 回憶個人的困窘或丟臉的經驗，用兩頁的篇幅寫下這個狀況。這個狀況是怎麼發生，怎麼結束的？好笑嗎？

2. 現在，改寫一下那場戲，把它變成一個公開的醜事。要是你丟臉的那一瞬間被人拍到，上傳到 Youtube 會怎樣？或是剛好被你喜歡或仰慕的人看到？要怎麼讓那個情況變得更有笑點？

3. 回想一部你喜歡的電影，裡面有人出糗被眾人恥笑。你能改寫一下這場戲，讓它更上層樓嗎？

威尼斯商人
The Merchant of Venice

讓角色遭受許多苦難

If you prick us, do we not bleed？

如果你用刀刺我們，難道我們不會流血嗎？

《威尼斯商人》被莎士比亞學者歸類為「問題劇」（problem play）。爭議點在於，劇中的夏洛克（Shylock）在技術上來說是個反派，不過他同時也是個極富同情心的角色。

　　事實上，大部分人對這齣戲印象最深刻的就是夏洛克這句臺詞：「如果你用刀刺我們，難道我們不會流血嗎？」整齣戲最難解的地方就在於夏洛克並不是一位典型的反派人物。

　　《威尼斯商人》裡面的人物都充滿掙扎，裡面的角色，不論正、反派，都能引起觀眾的同理和共鳴，被譽為同類型劇作中的經典之作。

　　讓人物陷入掙扎，會使角色更加人性化，同時也會加深觀眾和角色間的連結，當觀眾不但同情劇中的英雄，而且也對反派角色心生憐憫時，這種連結就更加強烈。透過添加角色的多種情緒，《威尼斯商人》成功打造出一層又一層的情感深度，吸引觀眾一同跳進故事裡。換言之，你的故事就是需要製造這種「難題」。

　　為什麼這種掙扎在戲劇中能夠發揮如此強大的力量？我們要如何掌握這種力量，把它運用在劇本寫作上？

困難的選擇

　　角色是由一連串的選擇形塑而成的。這個角色想要什麼？他打算用什麼方式達到目的？他願意犧牲到什麼程度？當這

個角色面臨的抉擇愈困難，他的內心就愈加煎熬。在掙扎的過程中，可以看到更複雜的人性，讓角色更立體。

「複雜的難題」是《威尼斯商人》的核心元素。在第一幕時，巴薩尼奧（Bassanio）跟他最好的朋友安東尼奧（Antonio）吐露心聲，說他愛上了鮑西婭（Portia），可惜自己身無分文，無法冒險遠赴科爾基斯（Colchis）到鮑西婭生活的地方贏得她的芳心。鮑西婭的追求者眾多，所以要是巴薩尼奧不能馬上弄到足夠的錢去找她，他就會錯失她心愛的女孩。安東尼奧很想幫助巴薩尼奧，但他的錢都拿去作投資了，所以他倆只好去向夏洛克借高利貸。

夏洛克本來不願意借錢給他們，因為安東尼奧經常咒罵他還對他吐痰，只因為他是猶太人。但夏洛克也沒有其他的收入，因此最後只好答應他們的要求，不過有個附帶條件：為了羞辱安東尼奧，夏洛克說，要是他們不能在三個月內還錢，那麼他就可以在安東尼奧的身上割下一塊肉。換句話說，如果他們還不了錢，那麼夏洛克就會死在安東尼奧的刀下。

生、死、愛、恨，裡頭每個人的決定都是出於自身的情緒。巴薩尼奧不顧一切拚命求愛，安東尼奧惡意反猶太，而夏洛克之所以答應借貸給他們，純粹是為了一己私利和意圖報復。這些選擇並非易事，角色們對自己的決定都感到忐忑不安，而他們複雜的情感也決定了他們最終的命運。

《饑餓遊戲》（*The Hunger Games*，2012）把生死交關的

抉擇發揮得淋漓盡致。故事發生在「施惠國」（Panem）這個反烏托邦的後現代國度。由於該國曾經歷過一場叛亂，於是新政府頒布了一項刑罰，規定該國要從十二區中，每區挑兩名年輕人參加一年一度的死亡戰鬥，稱作「饑餓遊戲」。凱妮絲（Katniss，珍妮佛·勞倫斯❶飾）代表她那區參戰，成為遊戲中的「貢品」，陷入這場殊死戰。

　　當她開始對同為貢品的比德（Peeta，喬許·哈契森❷飾）產生情愫後，事情就變得更加複雜。電影的高潮就在凱妮絲和比德陷入對戰，兩人必須爭個你死我活時。到底是要殺掉心愛的人以求自保，還是犧牲自己來保全對方的性命？這樣的劇情設定讓角色們陷入天人交戰的絕境。看角色陷入折磨和兩難的抉擇，這種刺激感替該部電影創造出驚人的票房，也培養出一批死忠的年輕鐵粉。

《饑餓遊戲》（*The Hunger Games*, © 2012 lionsgate, All rights reserved.）

跟莎士比亞學創作

背叛

　　每個人都曾被背叛過。那是種令人痛苦不堪的經驗，尤其當背叛你的是你認識且深愛的人。因爲每個人都能體會背叛是什麼，所以這種痛苦的經驗更能引起共鳴，進而創造出偉大的劇作。背叛會引發或摧毀觀眾對角色的同情心，改變我們對角色的基本認識。

　　夏洛克這個角色再寫實也不過了。在戲的中段，夏洛克的女兒潔西卡（Jessica）和她的男朋友羅蘭佐（Lorenzo）一個私奔，潔西卡不但拋下夏洛克，還偷走了他的錢和珠寶。

　　夏洛克被他唯一的女兒拋棄已經夠痛心了，更令他難過的是，他認識的基督徒知道後不但沒有告訴他，反而還幸災樂禍。於是幾近崩潰的夏洛克，用尖銳的聲調說出了以下這段著名的莎劇臺詞：

難道猶太人沒有眼睛嗎？
難道猶太人沒有五官四肢、沒有知覺、沒有感情、沒血沒淚嗎？
他還不是吃著跟你們一樣的食物，
一樣會被武器所傷，一樣可被藥物醫治，
冬天同樣會冷，夏天同樣會熱，就像基督徒一樣嗎？
你們要是用刀劍刺我們，我們不是也會流血嗎？

〈第三幕第一場〉

Hath not a Jew eyes?
Hath not a Jew hands, organs,

dimensions, senses, affections, passions?
Fed with
the same food, hurt with the same weapons, subject
to the same diseases, healed by the same means,
warmed and cooled by the same winter and summer, as
a Christian is?
If you prick us, do we not bleed?

(Act 3, scene 1)

夏洛克懇求接納的這一幕相當有渲染力：猶太人和基督徒並沒有什麼不同，大家都是人。在反猶太的背景下，儘管夏洛克是劇中的反派，他的處境還是得到共鳴，以至於在這部戲裡，夏洛克這些震儡人心的臺詞還是大量地被引用和憶起。

背叛的橋段在當代電影中相當普遍，但當中堪稱經典的非《慧星美人》(*All About Eve*，1950) 莫屬。該劇講述一位年華老去的女明星瑪戈（Margo）和孤獨的流浪者艾娃（Eve）之間的故事。雖然艾娃看起來甜美可人，對瑪戈極為仰慕，其實她暗中處心積慮地想取代瑪戈，她不但離間瑪戈和她的朋友、勾引她的男朋友，甚至還想搶走瑪戈在戲裡的角色。

艾娃利用瑪戈身邊的朋友，一路靠著勒索威脅順利站上這個大舞臺，此時她的奸計終於得逞。然而最後一幕時，這位大明星也遇到了一位跟她一樣心懷不軌的「粉絲」。

報應

　　如果想要讓劇中角色的個性更複雜，那麼就要讓好人做出一些壞的決定，或是讓壞人做些好事。當他們受到感召而為自己的行為（不管好壞）付出代價時，此時才能界定角色究竟是好是壞。報應愈嚴厲，高潮就愈強。

　　《威尼斯商人》的清算時刻集中在三位要角色身上。巴薩尼奧贏得了鮑西婭的芳心，但安東尼奧和巴薩尼奧卻無法在夏洛克要求的時間內還錢，雖然鮑西婭在逾期之後，答應會以三倍的金額償還，但夏洛克拒絕，他想要殺了安東尼奧，再多的錢也無法使他收回這項協議。

　　可想而知接下來的場景有多恐怖——巴薩尼奧得看著自己的朋友死去。在戲一開始時，他們做下的那些困難選擇在這一刻反噬了他們。

　　最後，鮑西婭喬裝成法學博士去營救他們，她說，雖然合約上載明夏洛克能夠取安東尼奧的肉，但合約上並沒有說他可以取走他的血，假如夏洛克讓他流到一滴血，那麼他就會被當場處決。

　　在這場戲裡，整個情勢得到了逆轉，該是夏洛克付出代價的時候了。夏洛克於是改變心意，希望改為還錢了事。鮑西婭駁回了這項請求，並且控告夏洛克意圖謀殺。法警無視於夏洛克的求饒，當場把他押出庭。這樣的報應的確太過分，而該劇的

反派再一次陷入悲慘的情境，充分顯示出他人性的一面。

　　如同《威尼斯商人》，報應在《鐵面特警隊》（L.A. Confidential，1997）來得又猛又烈，三位主要角色巴德（Bud，羅素·克洛❸飾）、艾克斯利（Exley，蓋·皮爾斯❹飾），和傑克（Jack，凱文·史貝西❺飾），他們基本上是好人，卻做了壞的選擇。艾克斯利是靠謊言和出賣情報來獲得升遷的警探，傑克覺得自己對一個小孩在好萊塢的死有責任，巴德則神經兮兮地對他的女友疑神疑鬼。

　　他們在最後都試圖彌補自己犯下的錯誤。在最後幾場戲前，巴德和艾克斯利合作抓壞人，這是個自殺任務，但他們知道他們得為自己的罪行付出代價——他們想光榮地殉職。

《鐵面特警隊》（*L.A. Confidential*, © 1997 Warner Bros., All rights reserved.）

跟莎士比亞學創作

在這個高潮中，巴德和艾克斯利用他們的血淚贖罪。他們雖然苟活了下來，但也僅止於此而已，他們得到了報應。

《威尼斯商人》和《鐵面特警隊》每一個單獨的主要角色都為了他們的選擇付出代價，最後的結果是殘酷、痛苦且刺激的。

---

❶ Jennifer Lawrence（1990-），美國新生代女演員，以《派特的幸福劇本》獲第85屆奧斯卡最佳女主角，著名作品有《冰封之心》、《X戰警：天啟》等。

❷ Josh Hutcherson（1992-），美國新生代男演員，曾出演《迷走星球》、《飢餓遊戲》等電影。

❸ Russell Crowe（1964-），生於紐西蘭的知名澳洲電影演員。2000年以《神鬼戰士》獲奧斯卡最佳男主角，較著名的作品如電影《神鬼戰士》、《美麗境界》、《美國黑幫》等。

❹ Guy Pearce（1967-），英國裔澳大利亞男演員，最知名的作品是由克里斯多福·諾蘭導演的《記憶拼圖》。

❺ Kevin Spacey（1959-），美國演員、導演及舞臺劇表演者。電影作品有《美國心玫瑰情》、《老闆不是人》等。

記憶重點

- 讓劇中角色受到煎熬，激起觀眾的同理心。
- 苦難讓你的角色人性化，也加深觀眾和他們的連結。
- 一個最棒的故事，裡面不論是英雄還是壞蛋，都能引起觀眾的同理和共鳴。
- 讓角色在最後得到報應，並心甘情願承受這樣的苦果。

參考電影

《慧星美人》（*All About Eve*，1950）
《鐵面特警隊》（*L.A. Confidential*，1997）
《饑餓遊戲》（*The Hunger Games*，2012）

練習

1. 有百萬種方式能夠讓角色遭受苦難，選擇一個特別的受苦的種類，讓角色處在這種局面，像是痛失所愛、遭到背叛或是經歷慘敗。他們想要什麼？要怎麼使他們面對自己的目標、動機，和選擇遭難？如何讓角色甘心忍受苦難？

2. 關於角色的選擇，假如你目前正在寫或你有存稿想要修訂，去檢查看看，你的主角有沒有面臨什麼困難的選擇？在結束時有強迫你的主角認真對待他們的選擇得到的報應？現在看一看你的主角，他們為什麼做了這樣的選擇，你提供了什麼樣的理論基礎？你的角色能激起同理心嗎？思考一下你能用什麼方式增加角色的情感複雜度和可信度？

3. 選一個你最喜歡的惡人，從黑武士（Darth Vader，《星際大戰》中的角色）到諾曼．貝滋（Norman Bates，《驚魂記》中的角色），用他們的角度來寫日記，記錄他們的人生中最痛苦的那一刻，例如，當維達知道路克是他父親時，那聲痛苦的慘叫代表何種情緒？把重點放在痛苦上，那是一切複雜情緒的源頭。

第二部

解構
莎士比亞的魔力

The Big Picture

莎士比亞如何創造令人難忘的英雄：

《哈姆雷特》、《亨利五世》、《奧賽羅》

How Shakespeare creates
un forgettable heroes :
Hamlet, Henry V, and Othello.

說到英雄，大部分人會聯想到以下這些字眼：膽量、勇敢、智慧、堅強、榮譽和正直。這些是我們心目中的英雄會有的優點。但要是你仔細觀察莎士比亞的作品，就會發現裡面的英雄並不具備上述這些優點。

莎士比亞知道什麼才叫眞正的英雄——那些眞正打動我們的英雄一點也不完美。爲什麼？因爲我們幾乎都是不完美的人類，觀衆喜歡英雄身上有跟我們一樣的特質，有些小小的不完美。這是個很容易理解的心理事實。觀衆之所以從中得到啓發，不是因爲看了這些零瑕疵的英雄打贏幾場小戰鬥，而是看到這些不完美的人類努力克服缺陷去完成偉大之事。

本章節將剖析三位莎士比亞筆下最令人難忘的英雄——亨利五世、哈姆雷特以及奧賽羅，探討他們爲什麼能夠打動觀衆的心。

魯蛇也能變英雄

讓英雄有一些不完美之處，就和魯蛇一樣的平凡普通。看英雄對抗看似不可抗力的現實會獲得極大的樂趣，魯蛇絕對是大家的最愛。

亨利五世是個典型的失敗者，卻也是莎士比亞筆下最讓人尊崇的英雄。亨利一開始是個少不更事的年輕國王，有著不堪回首的過往。他從來沒打過仗，更別說是打勝仗了，所以當他

跟莎士比亞學創作

帶那群由烏合之眾組成的軍隊去打他們生平最大的一場戰役時，心裡當然怕得要命。

他們與對方的軍隊人數是二十五比一，在缺乏作戰經驗且寡不敵眾的情況下，亨利成了敗軍之將。但是他卻在這樣的狀況下奮起，並在聖克里斯賓之日當天用一場精采的演說鼓舞軍隊士氣，克服了所有艱難的外在條件，贏得戰役。這得來不易的勝利吸住了觀眾的眼球，具備了「魯蛇變英雄」這類故事該有的所有元素。

英雄鹹魚翻身的故事在大銀幕上格外受歡迎。電影有史以來最糟的魯蛇之一《洛基》（*Rocky*，1976），描述一個三流拳擊手挑戰世界重量級冠軍阿波羅‧克里德（Apollo Creed）的故事。電影一開始，洛基（Rocky，席維斯‧史特龍❶ 飾）幾乎連一場練習賽都撐不過去，但他下定決心一定要成功。

《洛基》系列最有名的一幕就是他在費城在階梯上奔跑後高舉雙手的勝利之姿，當時的配樂甚至成為了克服萬難而制勝的同義詞。這一幕令觀眾相當興奮，衷心為這條翻身的魯蛇喝采。大部分的觀眾忘了一開始洛基的目標根本不是想打贏克里德，只要能打十五回合他就心滿意足了。事實上，洛基最後並沒有贏得比賽，儘管如此，他仍舊打了一場漂亮的仗，向大家證明他從來就不是什麼三流小混混，而是奮起的英雄。

《洛基》(*Rocky*, © 1976 MGM, All rights reserved.)

洛基和亨利五世之所以成爲令觀眾難忘的英雄角色，並不是因爲他們天生神力，而是因爲他們努力克服自己的不完美。

幫英雄製造一些弱點

奧賽羅是不同凡響的人物，他不只是住在白人之地威尼斯的成功黑人，也是個驍勇善戰的戰士與令人尊崇的軍事戰略家，除此之外，他還是有智慧的領導者、眞誠的朋友及正直的男人。奧賽羅完全具備了英雄該有的氣概，但不一樣的是，他有個致命的弱點，那就是他心裡住了一頭「綠眼睛怪物」❷，是個不折不扣的醋罈子。

大反派伊阿古敏銳地發現了奧賽羅的盲點，於是就利用這點設局陷害他，讓奧賽羅以爲苔絲蒙狄娜和他的朋友私通。奧賽羅並沒有運用理性判斷，或是質疑伊阿古所說的是真是假，他二話不說就相信了這個謊言。他在嫉妒心的驅使下，偷偷潛入了妻子的臥室，親手將她悶死。這個殘酷的詭計摧毀的不只是一條生命，也讓他走上了不歸路。而這一切的一切都肇因於奧賽羅控制不了自己的嫉妒心。

　　奧賽羅之所以能夠成爲一個有說服力的角色，不是因爲他的英雄氣慨，反而是因爲他的弱點。每個人都能體會妒火中燒，幾近失控的感覺，因爲觀眾對嫉妒的恐懼感同身受，這點使奧賽羅變得沒有那麼高不可攀。他雖是個典型的英雄人物，卻被自己的弱點給拖垮，觀眾喜歡這樣的設定，因爲它也很可能會發生在你我的身上。

《黑天鵝》(*Black Swan*, © 2010 20th century Fox, All rights reserved.)

《黑天鵝》（*Black Swan*，2010）描述年輕的芭蕾舞者妮娜（Nina，娜塔莉·波曼飾）進入夢寐以求的紐約市芭蕾舞團，最終贏得天鵝皇后一角的故事。觀眾很快就發現妮娜是個對自己非常嚴厲的完美主義者，她愈是逼迫自己，她的精神耗弱就愈加惡化。

在電影的最後，強大的自我壓力終於讓妮娜整個人徹底崩潰。她好不容易做了一場完美的演出，最後卻走向自毀一途，她說：「我只不過是追求完美而已。」（*I just wanted it to be perfect.*）

每個人都有弱點，不管是什麼樣的弱點，這些故事徹底運用了弱點的箝制力，讓它更顯真實。

給英雄一個做錯事的正當理由

莎士比亞最知名的「英雄」無疑是哈姆雷特，他全身上下並沒有什麼英雄該有的特質，總是嘮叨個沒完。然而這個角色的迷人之處就在於，他會基於良善的理由去做錯的事。

例如，當哈姆雷特最後確定克勞狄斯的罪狀，認為他死不足惜並打算去殺他時，恰巧撞見克勞狄斯跪在教堂裡，哈姆雷特誤以為克勞狄斯在祈禱，找藉口說殺死一個正在教堂祈禱的人或許不是個好主意，如此一來他的靈魂將會受到無止盡的詛咒，陷入更深的痛苦之中。

雖然在哈姆雷特離開後，觀眾聽到克勞狄斯坦承自己對於殺了哈姆雷特的父親一事絲毫不感到抱歉，克勞狄斯根本就是個罪該萬死的惡人。不但如此，他還變成更危險的人物，試圖殺害哈姆雷特和他的母親喬特魯德，哈姆雷特縱虎歸山顯然是個錯誤的決定，但他之所以這麼做，是因為他相信全能的神會做出最後的審判。他所抱持的信念是他鑄下大錯的正當理由。

　　我們都會犯錯。有些人甚至會在做對的事時犯錯。當哈姆雷特這麼做時引起了觀眾對他的同情，即便我們會批評他的決定。我們可以在哈姆雷特身上學到兩個重點：首先，觀眾會對角色堅持做對的事而感到憐惜，就算他們犯了錯。其次，為了正當的理由而做錯事，會讓劇中英雄的特質更加複雜，也會讓他的人格更立體，因為他聽從自己內心的聲音，即便觀眾知道他其實不該這麼做。

　　電影《衝突》（*Serpico*，1973）被美國電影協會（American Film Institute，簡稱AFI）列為影史上最偉大的電影英雄之一，當中的主角法蘭克‧謝彼科（Frank Serpico，艾爾‧帕西諾飾）是一名臥底警察，揭露了警界的貪污腐敗，被他的警察同僚騷擾和恐嚇威脅，人生即將毀於一旦。

　　法蘭克依舊堅持不放棄調查。他是哈姆雷特的對照組，他從來不囉唆廢話，但這點卻正是他的問題，即便他所付出的代價早就超出了利益，他也拒絕放棄讓步。他對於追求真相不

容妥協，就像哈姆雷特一般，法蘭克為了正當的理由做錯事，堅持好的信念才犯下錯誤，因而成了一個內心充滿複雜衝突的英雄，令觀眾印象深刻。

---

❶ Sylvester Stallone (1946-)，美國動作片男演員，以《洛基》系列電影聞名。

❷ green-eyed monster，表嫉妒之意。

❸ 這裡的典故來自聖經<撒母耳記>裡大衛與巨人歌利亞的故事。歌利亞高達三公尺，全身穿著厚重的鎧甲，還背著一隻大銅標槍。大衛是個手無寸鐵的小個子，卻憑著彈弓與小石子擊敗了歌利亞。因此大衛與歌利亞（David and Goliath）常被用來形容以小搏大的對抗。

跟莎士比亞學創作

記憶重點

- 每個人都愛看魯蛇變英雄，克服外在的種種限制，這是樂趣的來源。
- 幫英雄製造一些弱點，讓他們引起觀眾的共鳴。
- 給英雄一個做錯事的正當理由。
- 觀眾會同情努力想做對的事情的角色，就算他們犯了一些錯。

參考電影

《衝突》（*Serpico*，1973）

《洛基》（*Rocky*，1976）

《黑天鵝》（*Black Swan*，2010）

練習

1. 在現實生活中找一個像歌利亞（Goliath）❸這樣的角色，想像有個瘦弱的大衛（David）把他打敗，在十句（動作）臺詞內，利用你的說故事技巧，描述大衛戰勝歌利亞的過程。

2. 你個人的弱點是什麼？創造具備這項特質的角色，用一百字左右的篇幅來詳述這項特質。你能否構思一個故事情節，讓這個角色克服他這項弱點，或是被這個弱點給拖垮？

3. 想像一個滔天大罪。挑戰一下，創造一個正當的好理由，讓你的角色去犯下這個罪。他為什麼要這麼做？

逆向打造莎士比亞的超級惡棍：

《伊阿古》、《馬克白》、《理查三世》

Reverse Engineering
Shakespeare's Supervillians :
Iago, Macbeth, and Richard III.

大家都知道劇本裡需要一位好英雄。作家花大把時間幫這些英雄塑造有趣的背景故事、鼓舞人心的目標和缺陷，這是每位電影劇本創作者一定要精通的一門藝術。

大部分人都不知道這個祕密：好的英雄其實就是好的反派。因為英雄的目標就是要克服挑戰，假如挑戰不夠龐大，那麼電影就沒什麼力道，如此一來便會淪為一部青黃不接的作品。故事中的反派一定要比英雄更聰明、性感，甚至更有魅力。

莎士比亞寫過一些極可怕且令人難忘的反派角色。是什麼元素讓莎士比亞筆下的壞人這麼嚇人？他們為何特別令人不寒而慄？這章將為你剖析莎士比亞筆下的超級惡棍──伊阿古、馬克白，以及理查三世，探索這些角色深植人心的原因。

伊阿古

原因就在於他們的動機。對反派來說，動機是一切。莎士比亞最深植人心的反派伊阿古卻「沒有」任何動機，為什麼莎士比亞要創造一位毫無動機的惡人？為什麼這樣的角色對觀眾來說如此有魅力？

多年以來，劇評總是苦苦思考伊阿古的動機問題。一八七四年，著名的詩人塞繆爾・泰勒・柯勒律治❶長篇大論謾罵伊阿古邪惡的本質，以及為什麼他讓觀眾突然驚慌。讓觀眾感到不安的是伊阿古「沒有理由的惡意」（motiveless malignity）帶來的爭議。他說服我們蓄意使壞不需要顯著的原因和模

跟莎士比亞學創作

式，讓人不寒而慄。

由於觀眾從來沒發現為什麼伊阿古背叛並誘騙奧賽羅去殺害苔絲狄蒙娜，所以大家都帶著疑問離開，我們想要了解邪惡本質的原始探問始終無解。莎士比亞一定知道知道這麼做能讓觀眾心生恐懼。伊阿古在劇中最後的臺詞回答了奧賽羅的問題：

> 奧賽羅：我相信你的話，願你原諒我吧。你們問一問那個頂著人
> 　　　　頭的惡魔，為什麼他要這樣陷害我的靈魂和肉體？
> 伊阿古：什麼也不要問我，你們該知道的都知道了；從這一刻
> 　　　　起，我不會再說任何一句話。
>
> 〈第五場第二幕〉

> Othello: *Will you, I pray, demand that demidevil*
> 　　　　*Why he hath thus ensnared my soul and body?*
> Iago: *Demand of me nothing. What you know, you know.*
> 　　　*From this time forth, I shall not speak a word.*
>
> (Act 5, scene 2)

奧賽羅到頭來只希望能知道他「為什麼」要這麼做，然而伊阿古卻始終拒絕揭露這個答案，讓奧賽羅相當痛苦。

伊阿古矇騙奧賽羅，玩弄著我們深怕被熟識且深愛的人欺騙的心態，我們甚至不知道伊阿古是魔鬼，也無法搶先知道他的行動，這是令觀眾震驚的主要原因。事情已經很清楚了：意想不到的壞人比顯而易見的反派更令人害怕。

莎士比亞沒有賦予伊阿古動機，這點打破了慣例。觀眾一直在等理由浮出檯面，結果卻出乎大家的意料。但這點也讓我們學到一課：觀眾享受未知的感覺，幾乎就像喜歡自己被嚇一樣。一個成功的反派會給觀眾帶來新鮮和出奇不意的感受。

　　事實上，伊阿古是莎士比亞最受歡迎的角色之一，某些編劇試圖在大銀幕上模仿那種「純粹的惡意」。

　　電影《黑暗騎士》（*The Dark Knight*，2008）中最受歡迎的「小丑」（The Joker，希斯‧萊傑❷飾）就是個很好的例子。聰明狡猾的小丑偽裝成護士混進醫院，聲稱要在高譚市的戲院和醫院裡放炸彈爆破，而這一切其實是為了破壞「雙面人」哈維‧丹特（Harvey Dent，亞倫‧艾克哈特❸）的病房。

　　我們以為小丑已經在醫院埋好炸彈，準備殺了哈維‧丹特，但是小丑並沒有殺害哈維，反倒讓哈維決定自己的生死。當哈維擲硬幣時，小丑沒有向他做任何要求，他放了哈維一馬。這個機會讓哈維從好人變成一個嗜血惡棍。小丑不在乎哈維去殺誰，重點是挑起他殺戮的慾望。

　　就像伊阿古一樣，小丑沒有什麼明確的動機，不是為財也不是為色，他綁架瑞秋‧道斯（Rachel Dawes）只是為了要折磨蝙蝠俠。他焚燒了同夥放贓款的巢穴，和他們撕破臉，然後又去渡輪上放炸彈，做他的「社會實驗」——他提供船上的乘客一個生存機會，誰搶先炸掉另一艘船，就可以活下來。

跟莎士比亞學創作

小丑在整部戲中都是混亂與隨機殘酷的象徵，他只是爲了邪惡而邪惡。蝙蝠俠忠誠的管家阿福（Alfred）如是說：「有些人就是想看世界毀滅。」（*Some men just want to see the world burn.*）

《黑暗騎士》（*The Dark Knight*, © 2008 Warner Bros., All rights reserved.）

馬克白

　　馬克白則與上述的反派類型完全相反，他的目標單純得不可思議，那就是弒君奪位，成爲蘇格蘭國王。他的血腥殘暴全都是出自這個理由。

　　莎士比亞整齣戲的架構都以馬克白的野心爲前提。女巫的訊息助長了他的野心。接著觀眾就看到馬克白殺了鄧肯並奪取他的王位，然後又看到馬克白被馬爾康和麥克德夫給殺害。

這齣戲最有趣的是一開始馬克白是個英雄。他是個好軍人，也是位出色的指揮官，對權力和王位毫無野心。一切都在他遇到女巫後開始轉變，他開始滿腦子想著弒君篡位。與其讓反派一開始就對權勢著迷，莎士比亞選擇讓觀眾看到馬克白受到誘惑而變得野心勃勃。

觀眾看到他的野心已根深蒂固無法回頭，反噬著他的靈魂，當他完全被權力的渴望給制約時，咆哮著：「我的內心盡是邪惡的思想。」（*Full of scorpions is my mind.*）。

野心已經變成電影中反派最常見的動機。觀眾喜歡看他們被自己的慾望反噬。或許沒有什麼角色比《華爾街》（*Wall Street*，1987）裡的哥頓‧蓋柯（Gordon Gekko，麥克‧道格拉斯❶飾）更深刻了。

就像馬克白一樣，哥頓‧蓋柯一心想在金融界闖出名堂，蓋柯非常著迷於金錢，他的每個行動都是為了壟斷市場。他告訴我們：「只要能賺錢的事都值得去做。」（*What's worth doing is worth doing for money.*）他對投資股東的那場演說充分顯示出他對金錢的執迷，成了一九八〇年代最直白、討論度最高的貪婪宣言：

重點是，各位女士、先生們，沒有比貪婪更好的詞彙了，貪婪是對的，貪婪是有用的，直截了當地展現了人類進化的精神。不管是對哪方面貪婪，為生活貪婪、對金錢貪婪、對知識貪婪，都顯示出人類向上發展的軌跡。記住我說的話，貪婪不但能拯救泰德帕皮公

跟莎士比亞學創作

司，還能拯救其他的企業，那個企業就叫「美國」。非常謝謝各位。

蓋柯這席話令觀眾大感意外，他非但沒有批判唯物主義帶來的負面影響，反而還大力讚揚，肯定野心抱負是發展進步的必要元素，然而在電影的最後，貪婪也讓他進了監獄。

像蓋柯和馬克白一樣的惡棍之所以會吸引觀眾，是因為他讓我們得以窺見自己的靈魂。觀眾渴望看到毀滅性的力量。

理查三世

莎士比亞筆下的惡棍沒有比理查三世更令人髮指的了，理查是醜陋又邪惡的殺人魔，他的外在跟他的靈魂一樣扭曲，然而理查也是莎士比亞最誘人的角色。這齣戲中有最有名的一幕，就是理查向一個丈夫屍骨未寒的寡婦求婚。幾百年來，這個驚人之舉深深吸引了觀眾和劇評的目光。

一開場，安妮夫人在她丈夫和公公的屍體旁哀悼，她責怪理查，咒罵理查是殺人兇手，並詛咒他生出來的每個小孩都殘廢，跟他結婚的女人都沒有好下場。她的心境轉折很重要，在這場戲結束時，她已完全變了一個人。

當理查進去時，安妮又驚又怒，甚至還跑過去對他吐口水，然而理查不但面不改色，還提醒她，基督徒應該要博愛仁慈，人家打妳一巴掌，妳應該「把另一邊的臉頰也轉過來讓他打」。安妮所有的激烈指控都被理查給駁回。接下來所發生的

事更是令人大感意外。

　理查坦承他謀害了安妮夫人的丈夫，並宣稱自己是因為深愛著安妮所以才會這麼做，這一幕的設計相當高明，理查宣稱自己是為了愛她才出此下策，讓他從安妮的指控中解套。這攻於心計的招數將了安妮一軍，讓她陷入沉默。就在此時，理查單膝跪下，把自己的刀劍和性命一同交到她的手中：

何必那樣噘起輕慢的朱唇呢，夫人，

您的唇應該是用來親吻的，不是用來侮蔑人的。

如果您還是滿心仇恨，不肯留情，

那麼我這裡有一把尖刀借給您，

單看你是否想把它藏進我這赤誠的胸膛，

解脫我向你膜拜的心魂，

我現在敞開來由你狠狠的一戳，

我雙膝跪地懇求你恩賜，了結我這段生命。

（敞開胸膛；他持刀欲砍）

快啊，別住手；是我殺了亨利王；

也還是你的美貌引起我來。

莫停住，快下手；

也是我刺死了年輕的愛德華；又還是你的天姿鼓舞了我。

（她立即鬆手，讓刀落地）

拾起那把刀來，不然就攙我起來。

Teach not thy lips such scorn, for they were made

For kissing, lady, not for such contempt.

If thy revengeful heart cannot forgive,

跟莎士比亞學創作

Lo, here I lend thee this sharp-pointed sword;

Which if thou please to hide in this true bosom.

And let the soul forth that adoreth thee,

I lay it naked to the deadly stroke,

And humbly beg the death upon my knee.

 (He lays his breast open; she offers at it with his sword)

Nay, do not pause; for I did kill King Henry,

But 'twas thy beauty that provoked me.

Nay, now dispatch; 'twas I that stabb'd young Edward,

But 'twas thy heavenly face that set me on.

(She lets the sword fall)

Take up the sword again, or take up me.

　理查最後的這段話，讓安妮陷入邏輯謬論裡，她要嘛殺了他，不然就與他相愛，沒有灰色地帶。安妮夫人無法對理查痛下殺手，這是因為她的善良，而不是因為她愛理查。然而理查就趁此時以迅雷不及掩耳的速度幫她套上戒指，以示他的一片癡心。令人感到恐怖的是，安妮夫人居然接受了。

　情勢在兩百五十句臺詞內有了一百八十度的轉變，理查成功說服安妮相信他不是殘忍的殺人兇手，而是被她的美麗與優雅所惑，受相思病的驅使才殺人。一看安妮夫人步出房門，大家當然都知道發生了什麼事。理查情不禁開心地自言自語，對自己的奸計得逞感到相當開心：

哪有一個女子是這樣讓人求愛的？

哪有一個女子是這樣求到手的？

〈第一幕第二場〉

Was ever woman in this humour woo'd?

Was ever woman in this humour won?

(Act I, scene 2)

理查很快就察覺自己占了上風。他說服人的功力的確相當厲害，先不論觀眾們對理查這個人的觀感如何，大家都不得不承認他的確是善於操縱人心的蠱惑大師。

理查三世因為天賦異稟，所以向來是莎士比亞筆下最受歡迎的反派，觀眾喜歡看這種天才角色，也心甘情願被他們的口才給迷惑。

像理查三世這種魅惑的角色會給觀眾帶來樂趣，這點顯示出一個基本的人性：我們都會被邪惡的特質吸引。它們黑暗、骯髒又危險，但也相當誘人。

《沉默的羔羊》中的漢尼拔·萊克特就與理查三世不相上下，兩人都具備反派的魅力。當萊克特探身靠近克麗絲·史達琳低語道：「曾經有人想調查我。我就著蠶豆和義大利紅酒，把他的肝臟吃掉了。」（*A census taker tried to test me ─ I ate his liver with some fava beans and a nice chianti.*），他這麼說的目的，除了嚇唬克麗絲外，一方面也是想讓她留下深刻的印象，結果讓觀眾嚇得半死。

跟莎士比亞學創作

漢尼拔・萊克特和克麗絲之間當然沒有男女之情，然而他們的關係卻是整部電影的重點。他們第一次見面時的氣氛很刺激，電影最後的對白是逃脫成功的克萊特打電話給克麗絲，事實上，電影裡克萊特試圖向克麗絲展現魅力，而他獨一無二的勸誘力量也感染了觀眾。

在她第一次探監後，萊克特二話不說謀殺了冒犯克麗絲的囚犯米格斯（Miggs），像是回敬克麗絲對他的仰慕。

克麗絲跟他分享自己童年時期的私密往事，就像情侶一樣。有那麼一刻，萊克特甚至在她來闖進去看探望她時，和她來了

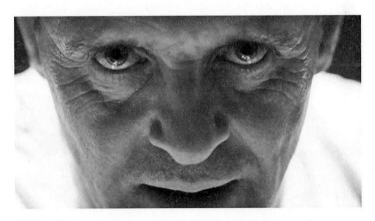

《沉默的羔羊》（*The Silence of the Lambs*,© 1991 MGM, All Rights Reserved.）

場純純之愛：「克麗絲，人家會以為我們倆在戀愛。」(*People will say we're in love, Clarice.*)理查三世和漢尼拔‧萊克特都是善於操弄人心的行家。他們陰陽怪氣、聰明絕頂，又懂得魅惑、控制人心，讓觀眾不禁拜倒在他們的魅力之下。

---

❶ Samuel Taylor Coleridge（1772-1834），英國浪漫思潮的湖畔派詩人。

❷ Heath Ledger（1979-2008），澳大利亞男演員，奧斯卡最佳男配角獎得主，著名電影作品有《斷背山》、《黑暗騎士》等。

❸ Aaren Eckhart（1968-），美國演員，作品有《永不妥協》、《黑暗騎士》、《料理絕配》等。

❹ Michael Douglas（1944-），美國好萊塢知名男演員，著名作品有《華爾街》、《致命的吸引力》、《第六感追緝令》等，並以《華爾街》獲奧斯卡最佳男主角獎。

跟莎士比亞學創作

記憶重點

- 故事中的反派一定要比英雄聰明、性感,以及成功。
- 意想不到的反派比可預期的反派更令人不寒而慄。
- 在反派使壞的動機中,金錢、性、愛,或權力,野心勃勃的渴望等最常見也最能引起共鳴。
- 觀眾喜歡看聰明伶俐且富有魅力的反派。

參考電影

《華爾街》(*Wall Street*,1987)
《沉默的羔羊》(*The Silence of the Lambs*,1991)
《黑暗騎士》(*The Dark Knight*,2008)

練習

1. 回想一部你最喜歡的電影中的反派,有沒有比英雄更聰明、性感和成功?是什麼造成壞人如此魅力不凡?條列比較一下英雄和反派之間的差異。

2. 每個人都會有恐懼的事,什麼是你最恐懼的事?背叛、密閉空間、高度、鯊魚?創造一個惡棍帶入你自己最害怕、恐懼的,壞人做了什麼事?他如何折磨人?什麼是他想要的?什麼他樂意去做並且能得到的?

3. 惡人事實上就是英雄扭曲的陰暗面,兩者都有特定的目標要追求,並且都會不計代價去達成。回想一位你最愛的英雄人物,將他改造成反派,重新編造一段故事,讓英雄和反派互相對調。

解密萬世流芳的 愛情故事：

《羅密歐與朱麗葉》

Unlocking the Secret to the Greatest Love Story Ever Told : Romeo and Juliet.

大家都知道《羅密歐與茱麗葉》是一部偉大的愛情故事，就算沒讀過劇本的人也會沉浸在它浪漫的情節中。這個雋永經典的故事被改編成任何你想像得到的表演方式，包括歌劇、芭蕾、動畫喜劇、百老匯音樂劇和奧斯卡得獎影片等。《羅密歐與茱麗葉》的魅力無所不在，具備浪漫故事該有的所有元素。

然而，《羅密歐與茱麗葉》這個浪漫愛情故事其實相當簡單，不過就是一個男孩和一個女孩的戀愛故事。爲什麼這段愛情故事如此打動人心？它的浪漫元素有哪些？這個故事的魔力何在？我們要如何掌握箇中訣竅，運用在自己的故事創作裡？

禁果

我們大部分人一生中，或多或少都曾愛上過不該愛的人，那種吸引力是生而爲人的本性。在打造故事架構時，讓裡面的角色愛上不該愛的人，幫這段感情製造一些阻力，會令整個故事更加動人。

莎士比亞或許不是第一個創造「禁果」（forbidden fruit）的人，但他在《羅密歐與茱麗葉》中把這個橋段發揮得淋漓盡致。我們從頭幾句臺詞中就知道維洛那有兩個家族是世仇，而羅密歐與茱麗葉分別是這兩大家族——凱普雷特（Capulet）和蒙太古（Montague）的成員。

當然，他們不應結合的這個基本前提，後來成爲該劇的魅力所在。羅密歐和茱麗葉首次見面的那場戲中，兩人一見鍾情，

愛上了不該愛的人。他們第二次見面便互相擁吻，茱麗葉驚叫：「我竟為了我唯一嫉恨的人而傾倒！」（*My only love sprung from my only hate!*）。這句話宣示了兩人永誌不渝的愛。

羅密歐已經離不開她了。當被趕出凱普雷特家的舞會後，他第一件事就是偷偷跑回去與茱麗葉在她家的陽臺相會。他們在夜晚私會，在月光下相吻，這一幕是曾經史上最浪漫的場景之一。他們違抗了父母的意志，讓這個故事更加刺激。下一幕的景象就是兩人已經完婚，赤身裸體躺在床上。

在近代影史上，詹姆斯·卡麥隆的《鐵達尼號》這個感人的愛情故事也運用了相同手法。故事圍繞在窮小子傑克和富家女蘿絲的愛情上，當然女方家人會想盡辦法拆散他們，然而這禁忌的愛戀反而助燃了愛火，就像《羅密歐與茱麗葉》裡綻放的愛情一樣，一發不可收拾。

兩人初遇是因為傑克拯救企圖跳船自盡的蘿絲。隔天晚上，傑克和蘿絲一起私奔，接著便出現一連串經典場景，包括在船頭那有名的一吻、傑克幫蘿絲畫裸體素描，以及他們在汽車後座纏綿的畫面。這段愛情故事充滿力量與激情，令人神魂顛倒。

短暫的快樂

一開始我們就知道《羅密歐與茱麗葉》並沒有幸福快樂的結局，但那短暫的幸福即是一切，剎那即永恆。看愛侶完全陶

197

醉在極樂幸福裡，是浪漫愛情故事最扣人心弦的元素。

　　羅密歐跟茱麗葉最幸福的時光只有他們新婚後的那一小段生活。後來羅密歐準備逃亡，因為他殺了凱普雷特家族的成員提伯爾特（Tablet），也就是茱麗葉的堂哥。

　　在逃跑前，他們只有一個夜晚的時間可以在一起，讓兩人的情感急速升溫。這場戲從早晨開始。他們只是做愛，這是他們的第一次，但也是最後一次。接下來就是兩人難分難捨的畫面，羅密歐說他聽到百靈鳥的鳥鳴（這種鳥只會在晨間歌唱），朱麗葉將他推回床上，辯說那是夜鶯的聲音。

　　這場戲在某種程度上可說是苦甜參半，因為他們的幸福如此無暇純粹，而且在某種程度上我們知道只有此刻他們才真的沉浸在幸福裡。這場戲，讓觀眾相信他們的愛情是如此地特別，並且隨著兩人的愛情隕殁而心碎。

　　想得而不可得的愛情故事中，最虐心的就是《北非諜影》（*Casablanca*，1942）中瑞克（Rick，亨弗萊・鮑嘉❶飾）和伊麗莎（Ilisa，英格麗・褒曼❷飾）的故事了。這對戀人在第二次世界大戰初期失去了對方。故事以倒敘的方式呈現，觀眾看到他們手挽著手在巴黎相戀，瑞克和伊麗莎輕啜著香檳，纏綿互吻。然而隨著納粹軍隊入侵巴黎，這些宛如天堂的景象都變了調。

跟莎士比亞學創作

瑞克和伊麗莎準備一起逃亡到美國，但就在伊麗莎準備要到火車站與瑞克碰面之際，她突然得知自己原本以爲已死的丈夫還活著，而且需要她的幫助，於是她拋下瑞克，讓他獨自在機場空等。多年後，瑞克和伊麗莎再次碰面，他們已從過去的傷痛中復原，但他們的舊情已無法復燃。

　　當瑞克與伊麗莎最後一次道別時，他說：「我們將永遠擁有巴黎的回憶。」（*We'll always have Paris.*），正因爲觀眾都知道他們不可能在一起，所以這一刻才充滿魔力。他們兩人的愛情在此刻畫下了完美的句點。

《北非諜影》（*Casablanca*©1942 Warner Bros.,All Rights Reserved.）

無緣的結局

《羅密歐與茱麗葉》這段愛情故事的重點就在於他們未能修成正果。這似乎打破了一般的法則，畢竟大部分愛情故事的結局都是「從此過著幸福快樂的日子」。

但事實上，他們是否「從此過著幸福快樂的日子」這點很難呈現在觀眾眼前。故事總是在他們親吻並互相承諾永遠相愛後畫下句點，因為大家都知道，結婚幾十年後，戀情很難維持像最初那樣美好。

只有一件事可以確定，當兩人戀情在最濃烈時嘎然而止，就能保留最美好的部分，永遠也不用面對另一半年華老去，或者落得相看兩厭的局面，而《羅密歐與茱麗葉》很精準地做到了這點。

《羅密歐與茱麗葉》的最後一場戲，這對戀人正在準備瞞著雙方父母私奔，然而這項計畫在陰錯陽差中有了變數。茱麗葉送給羅密歐的信漏失了，他從逃亡途中折返時以為茱麗葉已經死了。

接著就是最悲劇性的那一幕。羅密歐走入茱麗葉的墓穴，趴在她的身上哭泣，不敢相信她已經離開人世。她的雙唇依然豔紅，臉頰依然紅潤。

有一瞬間，觀眾以為羅密歐可能發現茱麗葉是服藥假死，

並沒有眞的過世，但羅密歐並沒有這麼認爲，反而一口飲下毒藥，最後在黑暗中迴光返照說：「我就這樣在這一吻中死去。」（*Thus with a kiss I die.*）。茱麗葉太晚醒來，發現羅密歐已死在她的身旁，於是她就像羅密歐一樣悲痛地自殺身亡。

　　兩人雙雙殉情的結局相當震撼人心。要是信件沒有搞丟，或是弗萊爾（Friar）第一個找到羅密歐，又或者茱麗葉早一點醒來呢？上天待他們實在太不公平了，怎麼會讓一連串的陰錯陽差毀了兩人的命運？

　　這整齣戲似乎只是爲了要引起觀眾的情緒反應，對羅密歐跟茱麗葉的早死感到不公。然而故事沒有比這更好的完結方式了。這齣戲讓我們看到愛情悲悽的一面，這種命運成就了永誌不渝的愛戀。他們的殞滅正是這場愛情最精采的部分。

　　《贖罪》（*Atonement*，2007）的特色是上流社會的西西莉雅（Cecilia，綺拉·奈特莉❸飾）和家僕的兒子羅比（Robbie，詹姆斯·麥艾維❹飾）被詛咒的愛情。儘管有反對他們愛情的禁令，兩人仍情不自禁墜入愛河，但麻煩的是發生西西莉雅的妹妹白昂妮（Briony，莎柔絲·羅南❺飾）某次不小心偷窺到西西莉雅和羅比在交媾，白昂妮指控羅比強姦她的姊姊和訪客蘿拉（Lola），羅比因此入獄，之後在第二次大戰期間被釋放。

　　令人難以忘懷的是電影最終的幾個連續鏡頭，白昂妮告訴我們羅比在敦克爾克大撤退前一天得敗血症死了，而西西莉雅則在倫敦被炸彈炸死。因爲白昂妮的謊言，兩個戀人從來沒

有機會在一起。命運始終是殘酷的。他們或許沒機會品嘗幸福的滋味，但他們的愛情會像羅密歐與茱麗葉一樣，永遠停留在最美的一刻。

❶ Humphrey Bogart（1899-1957），美國電影男演員，1942年因《北非諜影》獲得奧斯卡最佳男演員獎提名。

❷ Ingrid Bergman（1915-1982），瑞典國寶級電影女演員，曾獲三座奧斯卡金像獎，著名作品為《北非諜影》。

❸ James McAvoy（1979-），英國男演員，2013年因演出電影《下流重返重案組》而獲得英國獨立電影獎最佳男主角。

❹ Keira Knightley（1985-），獲奧斯卡金像獎和金球獎提名的英國女演員，知名作品有《我愛貝克漢》、《神鬼奇航：鬼盜船魔咒》、《傲慢與偏見》、《模仿遊戲》等。

❺ Saoirse Ronan（1994-），愛爾蘭女演員。《贖罪》、《蘇西的世界》、《歡迎來到布達佩斯大飯店》和《愛在他鄉》等。

跟莎士比亞學創作

重點記憶

- 讓故事中的角色被「禁果」吸引，這不只對讀者來說合理，同時也能在這段愛情加入一些天然的阻力，讓故事更刺激。
- 看愛侶完全陶醉在極樂幸福裡，是浪漫愛情故事最扣人心弦的元素。
- 浪漫愛情故事最重要的部分是結局，要嘛就讓兩人被拆散，不然就得停在「他們從此過著幸福快樂的日子」的畫面。

參考電影

《北非諜影》（*Casablanca*，1942）
《鐵達尼號》（*Titanic*，1997）
《贖罪》（*Atonement*，2007）

練習

1. 把你自己想成是《羅密歐與茱麗葉》中的角色，你的好友或你愛的人最討厭你跟誰在一起？？寫一個簡短的故事，寫你們兩人相戀和交往的過程。

2. 回想一下你的初戀，你最幸福的時刻是何時？如何用電影的方式來重現那些幸福時刻？

3. 想像一段完美的愛情，盡可能想出所有會摧毀這段感情的外力。談戀愛的是誰？拆散他們的是什麼事或人？他們的愛情最終是怎麼被摧毀的？

莎士比亞的靈感來源

Absolute Genius :
Shakespeare's sources of inspiration.

莎士比亞是史上公認最天賦異稟的作家，他超越了語言、文化、時間及地域限制，展現了無與倫比的創作天賦。環視古今中外，他的作品以優秀且匠心獨運的原創性而受到讚譽。

許多作家很好奇，莎士比亞是如何想出這麼多好故事，他的靈感來源是什麼？他去哪裡找點子？有些什麼祕訣？

實情會令你大吃一驚。莎士比亞「確實有」靈感來源，但莎士比亞的故事其實沒有什麼「原創性」。事實上，莎士比亞的三十八部劇本中只有兩部不知道來源，其餘都是偷來的——沒錯，就是「偷」，從一些明顯有跡可循的來源偷來的。換句話說，「莎學」學者確實找到了莎士比亞的靈感來源，各位讀者將會在本章中得到解答。

善用他人的作品

莎士比亞幾乎每部作品都是以先人的創作為本，例如《奧賽羅》直接取材自一五八四年在英格蘭出版發行的吉拉迪·辛提歐❶的《百則故事》（*Hecatommithi*）。莎士比亞將原始素材改編，提升摩爾人的地位，讓摩爾人當到將軍以及被冊封為貴族，他創造了西方文學史上第一位黑人悲劇英雄，但故事本質上是相同的。

同樣的，《哈姆雷特》是以古代斯堪地納維亞人為本。法蘭西詩人貝佛若（Francois de Belleforest）在一五五九年重述了這個故事。故事基本上跟原始文本沒有太大差異。

跟莎士比亞學創作

《威尼斯商人》則以十四世紀作家喬凡尼·菲奧倫提諾（Giovanni Fiorentino）❷的《愚人》（*Il Pecorone*）為本；《冬天的故事》則看得到羅伯特·格林（Robert Greene）的《潘朵斯托》（*Pandosto*，1588）的影子。書單還可以一直列下去。除了《暴風雨》（*The Tempest*）與《愛的徒勞》（*Love's Labor's Lost*）這兩部劇作外，莎士比亞其他的劇本很明顯幾乎都以他人的作品為基底。

當然，在莎士比亞的時代，這種講故事方式不只能被接受，甚至還是當時的常態。

當時有許多作家是以他人作品為基調來創造故事。假如你以為現代大師有逐漸走出了這種慣習，那可能是因為你最近沒好好看電影——只是好萊塢會把這種作法稱為「重拍片」（remakes）、「改編」（adaptations）、「重啟」（reboots），以及「致敬」（homages）。

從過去到現在，編劇大師都會挪用某位作家的作品並從中汲取靈感。莎士比亞知道它是有力的工具，也不避諱把它們拿來用。當然，假如文本來源和莎士比亞你都讀過，你就會注意到莎士比亞的作品遠優於前者，他總是創造他自己的作品，把原始故事改編得更精采。這些例子很明顯是在告訴我們：不要害怕利用他人的作品，但是要創造自己心目中想說的故事。

重寫著名的傳說、神話和民間故事

當莎士比亞不忙著拆解他人作品之時，他會沉浸在傳說、神話和民間故事中，從中汲取靈感。確定的例子是《羅密歐與茱麗葉》，貴族戀人因為家庭反對而分開，是中世紀廣為流傳的民間故事。莎士比亞算準了那個故事有成為好劇本的潛力，而呈現出來的結果也確是如此。

在好萊塢，神話、傳說和民間故事是創造商機的公眾資源，《雷神索爾》（*Thor*，2011）是修改古代的斯堪地納維亞傳說；《公主與狩獵者》（*Snow White and The Huntsman*，2012）告訴我們一個全新敘事的童話故事；《超世紀封神榜》（*Clash of the Titans*，2010）把古典神話帶到一個嶄新的層次；每部電影都帶著創新的意圖，伴隨常見的素材，以及在票房上被證明出奇的成功。在莎士比亞的時代和現代的好萊塢，傳說、神話，和民間故事是豐富的靈感來源。

《雷神索爾》（*Thor*, © 2011 Paramount, All rights reserved.）

跟莎士比亞學創作

取材於歷史

莎士比亞最愛的題材靈感是霍林斯赫德❸的《編年史》❹。他從當中的歷史記載找到謀殺、復仇、權力和背叛的故事。事實上，莎士比亞相當熱愛歷史，他的十五部歷史劇有三分之一是來自於此，例如《李爾王》、《理查三世》、《馬克白》和《亨利五世》這些不朽的經典歷史劇。

隨著知名的故事和利用他人的作品，直到今天，歷史仍然是作家和創作高手的靈感來源。有史以來創最高票房紀錄的電影《鐵達尼號》和《神鬼戰士》（*Gladiator*，2000），都是以歷史事件為背景所虛構出來的故事。歷史故事當中潛藏著迷人的瑰寶與令人興奮的角色來源，一切都等待被挖掘，得到創造性的新收獲。

大膽利用新聞事件

大家都知道，現實總是比小說還離奇。沒有什麼比新聞更容易找到光怪陸離的真實事件。這些腥羶色的內容提供了寫作素材，是豐富的靈感來源。

莎士比亞完全知道要怎麼運用時事，在故事裡增加刺激性。以《李爾王》為例，這個故事表面上是以歷史事件為主軸，但這同時也是一六○三年著名且廣受爭議的案件。老態龍鍾的紳士阿奈斯利公爵（Sir Brian Annesly）有三個女兒，兩個大的設法想讓法律判定他老人精神錯亂，小女兒可妮莉雅

（Cornelia）提出異議堅定表示，要維護他父親的利益，她的名字可妮莉雅被懷疑有相似性，可能是莎士比亞有意的連結。不管莎士比亞有什麼意圖，《李爾王》在舞臺上創造了更大眾化的戲劇效果——部分原因無疑是參考了流行事件。

最近大眾類型的電影像是《攻其不備》（*The Blind Side*，2009）、《社群網站》（*The Social Network*，2010）、《魔球》（*Moneyball*，2011）、《亞果出任務》（*Argo*，2012），以及《00：30凌晨密令》（*Zero Dark Thirty*，2012），很大程度上是真實事件，甚至有時在字幕卡上會打出「取材於真實故事」或「靈感來自於真實事件」。敘事細節若來自難得的或有爭議的真實故事，能加強電影的即時性與觀眾的情緒連結。

維持個人性

最後同樣重要的是我們已有準備：憑藉你個人的經驗，最好是多一點痛苦的經歷。建議也許陳腐過時，但並不意味著它不是好建議。

我們不確定莎士比亞以個人經驗為素材的作品有多少，莎學學者對莎士比亞的私人生活所知甚少，只能從一些資料，像是他的孩子——大女兒蘇珊娜（Susanna）、龍鳳胎朱蒂絲（Judith）與哈姆奈特（Hamnet）窺探一二。哈姆奈特在一五九六年病因不明死亡，當時只有十一歲。保守猜測是莎士比亞對唯一的兒子的死亡感到深沉的悲傷，尤其在三年後，莎士比亞把他最好，最璀璨光輝的角色命名為哈姆雷特，很可能

跟莎士比亞學創作

是莎士比亞把一湧而出的悲痛傾注於劇本裡，造就了我們現在這部廣為流傳的永恆傑作。

　　就像作家一般，我們本能地知道個人經驗無疑是我們的寫作根基，莎士比亞顯然知道這個道理：運用你的個人經驗──它將永遠是你豐裕的靈感來源。

❶ Giraldi Cinthio，義大利作家，薄伽丘的學生。
❷ Giovanni Fiorentino，義大利作家。
❸ Raphael Holinshed（1529-1580），英格蘭作家。
❹ *Chronicles*，完整書名是*Chronicles of England, Scotland and Ireland*，1577年出版。

211

重點記憶

- *毋須避諱用他人的作品,但是要創造合乎你自己想要的故事。*
- 不論是在莎士比亞時期或是現代的好萊塢,傳說、神話,和民間故事都提供了豐富的靈感。
- 歷史故事是迷人的無主寶藏與令人戰慄的角色來源,一切都等著被挖掘,得到的新收穫。
- 沒有什麼比新聞更容易找到光怪陸離的真實事件。
- 運用你的個人經驗——它將永遠是你豐裕的靈感來源。

練習

1. 不間斷地練習,開始建立有趣的新聞檔案,利用過去一個月搜集的檔案資料,寫出一頁故事大綱。

2. 建立第二個資料夾,裡面裝一些能作為題材的圖片。這些圖片為什麼可以鼓舞啟發你?他們能設定出特別的場景?你能找到有感染力的並喚起一種情緒或調性?你能從印象之一創造故事?

3. 把那些眾所皆知,你喜歡的民間故事、傳說、神話、歷史人物和老故事都列出來,它們都能拿來創作出好劇本嗎?用你心目中覺得理想的前三名來架構故事。

第

19

章

莎士比亞的故事
爲何歷久不衰

Why Shakespeare's stories
stand the test of time.

莎士比亞的劇本至今已逾四百年，自那時起，有幾千部出色的劇本、小說和短篇故事成書出版。儘管同期有眾多競爭者，莎士比亞仍穩居史上最偉大作家的寶座。

莎士比亞的劇本充滿精采的故事、動人的角色和優美的對白。然而，過去五百年也不乏許多偉大的作品，到底是什麼讓莎士比亞如此特別？他的作品有什麼不同之處？為什麼他寫的故事能經得起時間的考驗？

創新

如果要界定一個人是不是藝術大師，可能得取決於他是否具備「創新」的特質。這些人是想像力的先驅，帶給觀眾從來不曾聽過、看過或讀過的作品。

雖然莎士比亞的作品幾乎都奠基於前人的作品，但他還是很努力創新。例如在《羅密歐與茱麗葉》裡，羅密歐和茱麗葉首次對話就是以完整的十四行詩來表達，有點類似在戲劇中使用當時的流行語。戲的高潮以及他們親吻的時候用十四行詩，是詩意且浪漫的呈現，與前人的寫法不同。

莎士比亞在《李爾王》裡建立一種戲劇形式的概念，這部戲的結構有如天崩地裂。一開始就從高處驟然跌落深淵，劇情隨著李爾的死亡急轉直下。沒有其他戲劇使用這種架構，這在當代是相當創新的作法。莎士比亞幾乎每一部戲都在角色、語言和戲劇結構上，打造令觀眾滿意並深受吸引的創新手法。

好萊塢看起來好像有許多創新者，但實際上卻很稀少，因此他們很容易一炮而紅，例如阿佛雷德·希區考克（Alfred Hitchcock）、比利·懷德（Billy Wilder）和奧森·威爾斯（Orson Welles）等。

昆汀·塔倫提諾（Quentin Tarantino）的《黑色追緝令》（*Pulp Fiction*，1994）以打破時間的非線性跳躍敘事手法聞名，這是影壇上的一大突破。影評記者吉恩·西格❶說這部片是在挑戰「美國電影殘酷的僵化準則」，而羅傑·艾伯特❷則在《芝加哥太陽報》上指出該電影劇本「以破碎的唯美手法寫成，讓那些修習劇本創作的『殭屍作家』想要一探究竟，理出賣座電影的公式」。

若干年後，《時代》（*Time*）的理查·柯里斯聲稱這是電影界的創舉，並稱讚該片「無疑是美國九〇年代最具影響力的電

《黑色追緝令》（*Pulp Fiction* © 1994 Miramax, All rights reserved.）

影」。塔倫提諾打破了以往的電影模式，在影史上寫下璀璨的一頁。

創造不朽

莎士比亞的作品包含了喜劇、愛情劇、歷史劇和悲劇。劇本的概念和呈現手法不僅多樣，而且也變幻莫測。

然而他每齣戲的主題都根植於永恆的人性衝突和渴望。《奧賽羅》中是嫉妒、《馬克白》是野心、在《羅密歐與茱麗葉》是愛情，在《凱撒大帝》是背叛；愛、家庭、權力、戰爭都是莎士比亞寫作的主題。莎士比亞從不寫無足輕重的故事，他的作品部部都是經典。他的戲之所以會成功，從來都不是因為主題新鮮，而是為了滿足人類想聽故事的渴望。這些故事讓我們得以思考自己存在於世的理由和價值。

《大國民》（*Citizen Kane*，1941）這部出色的美國電影，極力地帶出這項亙古不變的主題，試圖回答永恆的問題。故事描述一位野心勃勃的男人的感人故事，縱然他的一生什麼都不缺，卻在哀傷和孤獨中死去，死前他不斷唸唸有詞，重複說著「玫瑰花蕾」（rosebud），就像在唸誦經文一樣。

觀眾從一連串倒敘場景中得知「玫瑰花蕾」是他心愛的雪橇的名字，這是他最喜歡的玩具。在他從母親的財產中發現金礦，以及他還沒受正式教育之前，透過電影不斷推演，「玫瑰花蕾」成為一種象徵，凱恩（Kane）成為富豪後所失去的珍寶

——愛和家庭。玫瑰花蕾象徵著失去，觸動到人性永恆的內在痛苦和衝突。

寫出詩意

人類都有表達自我的需求，例如最初是用水牛和矛的壁畫來表現。而同樣的這股衝動現在則以詩歌、戲劇、音樂或舞蹈的形式展現，我們需要藝術，因為它是人類展現自身存在的重要元素。

莎士比亞在他的劇本中用迷人且富有詩意的語言來回應這項需求。他獨特的語言充滿了想像力，擴大了我們對自身和他人的認知，美妙悅耳。

他的詩歌形式的語言令人驚豔，以至於他的修辭法深深影響著我們的文化。包括「綠眼怪物」（green-eyed monster）、「閃閃發亮的並非都是金子」（All that glitters is not gold）、「永遠的一天」（forever and a day）、「死絕了」（dead as a doornail）、「仁慈地殺了他們」（kill them with kindness）、「一下子全解決」（one fell swoop）、「屏息以待」（bated breath）或「對我來說這是希臘語」（It's all Greek to me.）。

其他的例子不勝枚舉。莎士比亞的作品創造了數以千計的詞彙、成語，至今仍廣為流傳。莎士比亞的詩意語言大量出現在我們的集體記憶裡，這也是他之所以留於我們心中的原因。要是沒有那些詩句，也許他的作品就不會那麼令人印象深刻。

時下的電影編劇書都會告訴你對白是次要的，情節才是眞正的重點。但假如你有花時間和電影發燒友聊聊，你就會知道對白的重要性不可小覷。發燒友會熟記很長的對白，反覆用虔誠的腔調背誦經典名句。

　　以《星際大戰》來看，這部預算龐大的電影，理論上不會太注重對白的品質，但這部電影充滿可被借鏡的鏡頭，自首次上映以來，《星際大戰》讓廣大影迷記住了許多特別的言語。對白在傑出的電影創作中，確實是很重要的元素，不只是電影需要好的對白，所有的傑作都需要偉大的對白，我們需要詩歌，我們需要藝術。

---

❶ Gene Siskel，芝加哥先鋒報影評，曾經和羅傑·艾伯特主持電視影評節目。
❷ Roger Ebert，有自己的影評網站，美國最重要的影評人，2013年4月過世，他的紀錄片是《人生如戲》。

記憶重點

- 讓你的作品臻至創新和成為先驅。
- 寫一齣戲，主題參考根植於永恆的人性衝突和渴望。
- 不然許多編劇書怎麼說，對白確實是傑作的重要元素之一。

參考電影

《大國民》（*Citizen Kane*，1941）
《星際大戰》（*Star Wars*，1977）
《黑色追緝令》（*Pulp Fiction*，1994）

練習

1. 回想一部你最喜歡的電影，用新的敘事方式再說一次。用非線性的跳躍手法來倒敘這段故事，或是讓第一場戲就是高潮，接著驟然跌落深淵；或是用劇中次要角色的觀點來說故事。

2. 從你愛的電影中選出你最喜歡的詞彙或臺詞。現在用自己的詞彙改寫一下該場景。

3. 再看一次你最喜歡的電影。你最喜歡哪一幕？當中有令人印象深刻的對白嗎？哪一類對白對你最有吸引力？

第三部

結語
Final Thoughts

莎士比亞最偉大的一課：
打破規則

Shakespeare's Greatest Lesson :
Break the Rules.

本書回顧了莎士比亞最重要的十五齣戲，將其拆解成實用的寫作課程，剖析了莎士比亞最鼓舞人心的英雄和可怕的超級惡棍，同時也傳授讀者要如何創造出經得起時間考驗的經典戲劇。

我們爬梳莎士比亞經典喜劇背後所運用的祕訣和技巧，也列舉了好幾部偉大的電影創作，探討這些作品的不凡之處。但其實本書中最重要的是的一課是：打破規則。

莎士比亞無疑是個規則破壞者，一如著名的莎劇評論家卜瑞黎（A. C. Bradley）曾經指出，莎士比亞堅持不遵守亞里斯多德的悲劇規則。

莎士比亞的劇本不會只有單一主題；角色的內心也相當複雜，另外在劇本的長度上也相當有彈性。此外，每部戲都有不同方式安排架構，沒有規格一致的對白，有些是詩歌，有些是散文，莎士比亞的寫作方式完全不可預測，不會流於制式化。

莎士比亞是標新立異的人，不會遵循公式。他創作的每一部劇本都是唯一且獨特的，無論是否打破規則，都不需要擔憂，什麼讓莎士比亞如此特別：不理會主流，他的才能讓每一部戲在他自己的正確性下完美，每一部戲都獨一無二。

莎士比亞對我們最終的教導就是，假如你的故事符合類型公式也沒關係，毋須擔心。只要讓故事符合正確性就好。假如你想打破現今的規則，那就放膽去做吧，就像莎士比亞在十六

跟莎士比亞學創作

世紀時一樣。

　也就是說，把自己變成一位現代莎士比亞吧！莎士比亞絕對
會是第一個為你鼓掌喝采的人。

莎士比亞名劇摘要

《理查三世》(*Richard III*,1593)

內心和外在皆醜陋的畸形人,殘酷地謀殺每個阻擋他取得王位的人,最終落得一無所有的下場。

《馴悍記》(*The Taming of the Shrew*,1593-1594)

莎士比亞早期的浪漫喜劇,頑固的彼特魯喬「馴服」他壞脾氣的妻子凱特,從此以後大家都過著幸福快樂的生活。

《羅密歐與朱麗葉》(*Romeo and Juliet*,1594)

有史以來最浪漫且最常被拿出來討論的愛情故事。故事內容是一對年輕的戀人因雙方家庭是世仇而被拆散,最後雙雙殉情。

《仲夏夜之夢》(*A Midsummer Night's Dream*,1595)

古怪有趣的喜劇。兩對患相思病的情侶逃到森林裡去,在精靈一陣瞎攪和中,奇蹟似地找到了自己的真愛,達成結婚的願望。

《威尼斯商人》(*The Merchant of Venice*,1596)

一齣黑色喜劇。放高利貸的猶太人夏洛克試著向兩個不負責任的外族人收回呆帳,結果因為「一磅鮮肉」(pound of flesh)字面上的意思害到,打輸了官司。

《無事生非》(*Much Ado About Nothing*,1598)

當克勞狄奧英雄情關難過時,他最好的朋友培尼狄克堅持不婚,所以克勞狄奧對培尼狄克玩了一個詭計──讓他和貝特麗絲墜入愛河。當這場有趣的遊戲結束時,克勞狄奧被虧出爾反爾。結局皆大歡喜,劇終時大家都步入結婚禮堂。

《亨利五世》(*Henry V*，1599)

以大時代為背景的故事。亨利要證明他是最偉大的英格蘭國王，他認知到要帶領他中下階層的士兵打敗法蘭西軍隊。

《凱撒大帝》(*Julius Caesar*，1599)

世上最偉大的領袖凱撒，被殘酷嗜血的一群人謀殺的幕後祕辛。

《哈姆雷特》(*Hamlet*，1600)

一個有關背叛與報復的鬥智故事。哈姆雷特得知叔叔克勞狄斯為了能占有他的母親而殺了他的父王，偷取他的王位。故事隨著哈姆雷特的復仇之路展開。血腥與傷痛交織成這部不朽的傑作。

《奧瑟羅》(*Othello*，1602-1603)

冷酷無情的伊阿古以朋友的方式對待一位有權力的黑人軍事家奧瑟羅，目的是為了折磨奧瑟羅，利用他的嫉妒心驅使他殺了愛的妻子苔思狄蒙娜。

《李爾王》(*King Lear*，1605)

一個充滿殘酷與災難的故事。李爾王將領土傳給三個女兒，卻在過程中嘗盡了人情冷暖，走向瘋狂，赤身裸體在強風暴雨中踉蹌獨行，瀕臨垂死。

《馬克白》(*Macbeth*，1606)

一齣懸疑血腥謀殺案。三位女巫的預言驅使馬克白和他的妻子謀殺國王以及篡奪蘇格蘭王位。

《安東尼與克莉奧佩特拉》(*Antony and Cleopatra*，1607-1608)

安東尼無可救藥的愛上世上最有魅力的女人，在愛情和江山間擺盪爭扎，最終犧牲了一切──包括他的生命。

《冬天的故事》(*The Winter's Tale*，1609)

這是一個古怪且悲觀的故事，嫉妒的丈夫里昂提斯指控他的妻子和他最好的朋友私通，並堅信孩子非自己親生，試圖把對不起他的人都殺了。里昂提斯為家庭憔悴了十六年後，最終發現自己的妻小仍存活於世，然而一切的悔恨都太遲了……

---

* 本書出現的莎劇臺詞皆參考朱生豪的譯本。

跟莎士比亞學創作

電影片單參考

《慧星美人》（*All About Eve*，1950）
編劇──約瑟夫·孟威茲（Joseph L. Mankiewicz）
原創故事──瑪麗·奧爾（Mary Orr）
導演──約瑟夫·孟威茲（Joseph L. Mankiewicz）

《安妮霍爾》（*Annie Hall*，1977）
編劇──伍迪·艾倫（Woody Allen）、馬歇爾·布烈曼（Marshall Brickman）
導演──伍迪·艾倫

《美國心玫瑰情》（*American Beauty*，1990）
編劇──艾倫·鮑爾（Alan Ball）
導演──山姆·曼德斯（Sam Mendes）

《美國X檔案》（*American History X*，1998）
編劇──大衛麥肯南（David McKenna）
導演──東尼凱（Tony Kaye）

《現代啓示錄》（*Apocalypse Now*，1979）
編劇──約翰·米利爾斯（John Milius）、法蘭西斯·柯波拉（Francis coppola）
原著小說──康拉德（Joseph conrad）
導演──法蘭西斯·柯波拉（Francis Ford Coppola）

《大藝術家》（*The Artist*，2011）
編劇兼導演──米歇爾·哈札納維西斯（Michel hazanavicius）

229

《贖罪》（*Atonement*，2007）
編劇──克里斯多夫·漢普頓（Christopher Hampton）
原著小說──伊恩·麥克伊旺（Ian Mcewen）
導演──喬·萊特（Joe Wright）

《無為而治》（*Being There*，1979）
編劇與原著小說──傑茲·科辛斯基（Jerzy Kosinski）
導演──哈爾·艾許比（Hal Ashby）

《黑天鵝》（*Black Swan*，2010）
編劇──馬克·赫曼（Mark Heyman）、安德烈·海恩斯（Andres Heinz）、約翰·麥羅格林（John McLaughlin）
導演──戴倫·艾洛諾夫斯基（Darren Aronofsky）

《我倆沒有明天》（*Bonnie and Clyde*，1967）
編劇──大衛·紐曼（David Newman）、羅伯特·班頓（Robert Benton）
導演──亞瑟·潘（Arthur Penn）

《育嬰奇譚》（*Bringing Up Baby*，1938）
編劇──杜戴笠·尼可拉斯（Dudley Nichols）、黑格·懷德（Hagar Wilde）
原創故事──黑格·懷德
導演──霍華德·華克斯（Howard Hawks）

《北非諜影》（*Casablanca*，1942）
編劇──朱利葉斯·愛普斯坦（Julius J. epstein）、菲利普·愛普斯坦、（Philip G. epstein）、霍華德·科赫（Howard Koch）
原創劇本──莫莉·班奈特（Murray Burnet）、喬安·艾莉森（Joan Allison）
導演──麥可·寇蒂斯（Michael Curtiz）

《大國民》（*Citizen Kane*，1941）
編劇──赫爾曼·曼凱（Herman J. Mankiewicz）、奧森·威爾斯（Orson Welles）
導演──奧森·威爾斯

《班傑明的奇幻旅程》（*The Curious Case of Benjamin Button*，2008）
編劇──艾瑞克·羅斯（Eric Roth）、羅賓·史威寇德（Robin Swicord）
原創故事──史考特·法蘭茲（F. Scott Fitzgerald）
導演──大衛·芬奇（David Fincher）

《黑暗騎士》（*The Dark Knight*，2008）
編劇──克里斯多福・諾蘭（Jonathan nolan）、克里斯多福・諾蘭（christopher nolan）
導演──克里斯多福・諾蘭

《神鬼無間》（*The Departed*，2006）
編劇──威廉・莫納罕（William Monahan）
原創劇本──麥兆輝（Alan Mak）、莊文強（Felix Chong）
導演──馬丁・史柯西斯（Martin Scorsese）

《精靈總動員》（*Elf*，2003）
編劇──大衛・貝瑞堡（David Berenbaum）
導演──強・費爾魯 （Jon Favreau）

《星際大戰五部曲：帝國大反擊》（*The Empire Strikes Back*，1980）
編劇──雷・布拉凱特（Leigh Brackett）、喬治・盧卡斯（George Lucas）
原創故事──喬治・盧卡斯
導演──喬治・盧卡斯

《心靈鑰匙》（*Extremely Loud & Incredibly Close*，2011）
編劇──艾瑞克・羅斯（Eric Roth）
原著小說──強納森沙芬佛爾（Jonathan Safran Foer）
導演──史蒂芬・戴爾卓（Stephen Daldry）

《教父1》（*The Godfather*，1972）
編劇──法蘭西斯・柯波拉（Francis Ford Coppola）、馬里奧・普佐（Mario Puzo）
原著小說──馬里奧・普佐
導演──法蘭西斯・柯波拉

《教父2》（*The Godfather: Part II*，1974）
編劇──法蘭西斯・柯波拉（Francis Ford Coppola）、馬里奧・普佐（Mario Puzo）
原著小說──馬里奧・普佐
導演──法蘭西斯・柯波拉

《教父3》（*The Godfather: Part III*，1990）
編劇──法蘭西斯・柯波拉（Francis Ford Coppola）、馬里奧・普佐（Mario Puzo），原著
小說──馬里奧・普佐
導演──法蘭西斯・柯波拉

《心靈捕手》(*Good Will Hunting*，1997)
編劇──麥特‧戴蒙 (Matt Damon)、班‧艾佛列克 (Ben Affleck)
導演──葛斯‧范‧桑 (Gus Van Sant)

《今天暫時停止》(*Groundhog Day*，1993)
編劇──丹尼‧羅賓 (Danny Rubin)、哈洛雷米斯 (Harold Ramis)
導演──哈洛雷米斯

《饑餓遊戲》(*The Hunger Games*，2012)
編劇──蓋瑞‧羅斯 (Gary Ross)、蘇珊‧柯林斯 (Suzanne Collins)、比利‧雷 (Billy Ray)
原著小說──蘇珊‧柯林斯
導演──蓋瑞‧羅斯

《鋼鐵人》(*Iron Man*，2008)
編劇──馬克‧佛格 (Mark Fergus)、雅特‧麥奎 (Art Marcum)、麥特‧何洛威 (Matt Holloway)
導演──強‧法夫洛 (Jon Favreau)

《鐵面特警隊》(*L.A. Confidentia*，1997)
編劇──布萊恩‧海格蘭 (Brian Helgeland)、柯提斯‧韓森 (Curtis Hanson)
原著小說──詹姆士‧艾洛伊 (James Ellroy)
導演──柯提斯‧韓森

《阿拉伯的勞倫斯》(*Lawrence of Arabia*，1962)
編劇──勞勃‧鮑特 (Robert Bolt)、麥克‧威爾森 (Michael Wilson)
導演──大衛‧連 (David lean.Léon)

《終極追殺令》(*The Professional*，1994)
編劇、導演──盧‧貝松 (Luc Besson)

《美麗人生》(*Life is Beautiful*，1998)
編劇──文森佐‧克拉米 (Vincenzo Cerami)、羅貝托‧貝尼尼 (Roberto Benigni)
導演──羅貝托‧貝尼尼

《麥克邁：超能壞蛋》(*Megamind*，2010)
編劇──愛倫‧史庫卡夫特 (Alan J. Schoolcraft)、布蘭特‧賽蒙 (Brent Simons)
導演──湯姆‧麥葛瑞斯 (Tom McGrath)

《戰慄遊戲》(*Misery*，1990)
編劇——威廉·高德曼 (William Goldman)
原著小說——史蒂芬·金 (Stephen King)
導演——羅伯·萊納 (Rob Reiner)

《岸上風雲》(*On The Waterfront*，1954)
編劇——巴德·舒爾伯格 (Budd Schulberg)
導演——伊力·卡山 (Elia Kazan)

《凡夫俗子》(*Ordinary People*，1980)
編劇——艾文·沙吉 (Alvin Sargent)
導演——勞勃·瑞福 (Robert Redford)

《黑色追緝令》(*Pulp Fiction*， 994)
編劇——昆汀·塔倫提諾 (Quentin Tarantino)、羅傑·艾佛瑞 (Roger Avary)
導演——昆汀·塔倫提諾

《養子不教誰之過》(*Rebel Without a Cause*，1955)
編劇——史威特·史汀 (Stewart Stern)、愛文琳·舒曼 (Irving Shulman)
原創故事——尼古拉斯·雷 (Nicholas Ray)
導演——尼古拉斯·雷

《洛基》(*Rocky*，1976)
編劇——席維斯·史特龍 (Sylvester Stallone)
導演——約翰·艾維森 (John G. Avildsen)

《疤面煞星》(*Scarface*，1983)
編劇——奧立佛史東 (Oliver Stone)
原創電影劇本——霍華德·霍克斯 (Howard Hawks)、班·赫克特 (Ben Hecht)
原著小說——阿米塔格·崔爾 (Armitage Trail)
導演——布萊恩狄帕瑪 (Brian De Palma)

《衝突》(*Serpico*，1973)
編劇——華道索爾 (Waldo Salt)、諾曼·華克斯勒爾 (Norman Wexler)
原著小說——彼得·馬斯 (Peter Maas)
導演——薛尼·盧梅 (Sidney Lumet)

《辣手摧花》(*Shadow of a Doubt*,1943)
編劇──桑頓·懷爾德(Thornton Wilder)、莎莉·班森(Sally Benson)、艾瑪·雷維爾
　　　　(Alma Reville),原創故事──高登·麥當尼爾Gordon McDonell)
導演──希區考克(Alfred Hitchcock)

《鬼店》(*The Shining*,1980)
編劇──史丹利·庫柏(Stanley Kubrick)、丹尼爾·強森(Diane Johnson)
原著小說──史蒂芬·金(Stephen King)
導演──史丹利·庫柏

《沉默的羔羊》(*The Silence of the Lambs*,1991)
編劇──泰德戴利(Ted Tally)
原著小說──湯瑪斯·哈利斯(Thomas Harris)
導演──強納森德米 (Jonathan Demme)

《星際大戰》(*Star Wars*,1977)
編劇、導演──喬治·盧卡斯(George Lucas)

《日落大道》(*Sunset Boulevard*,1950)
編劇──查理斯·貝克特(Charles Brackett)、比利·懷德(Billy Wilder)、小馬希曼
　　　　(D.M. Marshman Jr.)
導演──比利·懷德

《黑金企業》(*There Will Be Blood*,2007)
編劇──保羅·湯瑪斯·安德森(Paul Thomas Anderson)
原著小說──厄普頓·辛克萊爾(Upton Sinclair)
導演──保羅·湯瑪斯·安德森

《哈拉瑪麗》(*There's Something About Mary*,1998)
編劇──艾德德克特(Ed Decter)、約翰·史特勞斯(John J. Strauss)、巴伯·法拉利
　　　　(Bobby Farrelly)、彼得法拉利(Peter Farrelly)
原創故事──艾德德克特、約翰·史特勞斯
導演──巴伯·法拉利、彼得法拉利

《雷神索爾》(*Thor*,2011)
編劇──阿什利·米勒(Ashley Miller)、柴克·史坦茲(Zack Stentz)、(Don Payne)
原創故事──約瑟夫·邁克爾·斯特拉日恩斯基(J. Michael Straczynski)、馬克·波多
　　　　斯汶基(Mark Protosevich)
導演──肯尼斯·布萊納(Kenneth Branagh)

《300壯士：斯巴達的逆襲》（*300*，2006）
編劇——查克·史奈德（Zack snyder）、寇特·強斯塔（Kurt Johnstad）、麥克爾·高登
　　　（Michael B. Gordon）
原著漫畫——法蘭克·米勒（Frank Miller）、蘭尼·威樂（Lynn Varley）
導演——查克·史奈德

《決戰3:10》（*3:10 to Yuma*，2007）
編劇——哈勒斯特·威爾斯（Halstead Welles）、邁可布蘭特（Michael Brandt）、德瑞
　　　克·漢斯（Derek Haas）
原創故事——埃爾摩爾·李納德（Elmore Leonard）
導演——詹姆士曼格（James Mangold）

《鐵達尼號》（*Titanic*，1997）
編劇兼導演——詹姆斯·卡麥隆（James Cameron）

《捍衛戰士》（*Top Gun*，1986）
編劇——吉米·克許（Jim Cash）、傑克·小艾派斯（Jack Epps Jr.）
原創作品——埃胡德·約納（Ehud Yonay）
導演——湯尼·史考特（Tony Scott）

《震撼教育》（*Training Day*，2001）
編劇——大衛·艾亞（David Ayer）
導演——安東尼·法奎（Antoine Fuqua）

《華爾街》（*Wall Street*，1987）
編劇——史坦利·韋瑟（Stanley Weiser）、奧利佛·史東（Oliver Stone）
導演——奧利佛·史東

《婚禮終結者》（*Wedding Crashers*，2005）
編劇——史蒂芬·費伯（Steve Faber）、巴伯·費雪（Bob Fisher）
導演——大衛·多布金（David Dobkin）

《當哈利碰上莎莉》（*When Harry Met Sally...*，1989）
編劇——諾拉·艾弗倫（Nora Ephron）
導演——羅伯·萊納（Rob Reiner）

另翼文學　13
跟莎士比亞學創作——連好萊塢金牌編劇都搶著學的20個說故事密技

原書書名——Shakespeare for Screenwriters: Timeless Writing Tips from the Master of Drama
作　　者——J.M.伊雯森（J. M. Evenson）

譯　　者——蕭秀琴　　　　　　總　編　輯——何宜珍
審　　定——耿一偉　　　　　　總　經　理——彭之琬
責任編輯——韋孟岑　　　　　　發　行　人——何飛鵬
版　權　部——吳亭儀、黃淑敏
行銷業務——林彥伶、石一志

法律顧問——臺英國際商務法律事務所　羅明通律師
出　　版——商周出版
　　　　　　臺北市中山區民生東路二段141號9樓
　　　　　　電話：(02) 2500-7008　傳真：(02) 2500-7759
　　　　　　E-mail：bwp.service@cite.com.tw
發　　行——英屬蓋曼群島商家庭傳媒股份有限公司城邦分公司
　　　　　　臺北市中山區民生東路二段141號2樓
　　　　　　讀者服務專線：0800-020-299　24小時傳真服務：(02)2517-0999
　　　　　　讀者服務信箱E-mail：cs@cite.com.tw
劃撥帳號——19833503　戶名：英屬蓋曼群島商家庭傳媒股份有限公司城邦分公司
訂購服務——書虫股份有限公司客服專線：(02)2500-7718；2500-7719
服務時間——週一至週五上午09:30-12:00；下午13:30-17:00
　　　　　　24小時傳真專線：(02)2500-1990；2500-1991
　　　　　　劃撥帳號：19863813　戶名：書虫股份有限公司
　　　　　　E-mail：service@readingclub.com.tw
香港發行所——城邦(香港)出版集團有限公司
　　　　　　香港灣仔駱克道193號東超商業中心1樓
　　　　　　電話：(852) 2508 6231傳真：(852) 2578 9337
馬新發行所——城邦(馬新)出版集團
　　　　　　Cité (M) Sdn. Bhd. (458372U) 11, Jalan 30D/146, Desa Tasik, Sungai Besi,
　　　　　　57000 Kuala Lumpur, Malaysia.
　　　　　　電話：603-90563833　傳真：603-90562833
行政院新聞局北市業字第913號

封面設計——李涵硯　內頁設計及完稿——copy
印　　刷——卡樂彩色製版印刷有限公司
經　銷　商——聯合發行股份有限公司　新北市231新店區寶橋路235巷6弄6號2樓
　　　　　　電話：(02)2668-9005　傳真：(02)2668-9790

2016年（民105）06月07日初版　Printed in Taiwan　定價320元　城邦讀書花園
2022年（民111）12月22日初版3刷　　　　　　　　　　　　　　www.cite.com.tw

著作權所有，翻印必究　ISBN 978-986-477-022-9
商周出版部落格——http://bwp25007008.pixnet.net/blog

國家圖書館出版品預行編目

跟莎士比亞學創作：連好萊塢金牌編劇都搶著學的20個說故事密技
JM伊雯森（J. M. Evenson）著；　蕭秀琴譯.初版．臺北市：商周出版：家庭傳媒城邦分公司發行, 民105.06
240面；　14.8X21公分. --（另翼文學13）　譯自：Shakespeare for screenwriters : timeless writing tips from the master of drama
ISBN 978-986-477-022-9（平裝）　1. 劇本　2. 寫作法
812.31　　105007561